落花怨

一生低首紫罗兰 周瘦鹃 文集

周瘦鹃 著

广陵书社

图书在版编目（CIP）数据

落花怨 / 周瘦鹃著. -- 扬州：广陵书社，2020.3（2022.3重印）
（一生低首紫罗兰：周瘦鹃文集 / 陈武主编）
ISBN 978-7-5554-1383-7

Ⅰ. ①落… Ⅱ. ①周… Ⅲ. ①短篇小说－小说集－中国－当代 Ⅳ. ①I247.7

中国版本图书馆CIP数据核字(2019)第280915号

书　　名	落花怨	丛 书 名	一生低首紫罗兰——周瘦鹃文集
著　　者	周瘦鹃	丛书主编	陈　武
责任编辑	李　佩	特约编辑	罗路晗
出 版 人	曾学文	封面设计	琥珀视觉

出版发行　广陵书社
　　　　　扬州市四望亭路 2-4 号　　　　　邮编：225001
　　　　　(0514)85228081（总编办）　　85228088（发行部）
　　　　　http://www.yzglpub.com　　　E - mail:yzglss@163.com
印　　刷　三河市华东印刷有限公司

开　　本　787mm×1092mm　　1/32
字　　数　100 千字
印　　张　6.625
版　　次　2020 年 3 月第 1 版
印　　次　2022 年 3 月第 2 次印刷
书　　号　ISBN 978-7-5554-1383-7
定　　价　45.00 元

目录

落花怨

嗟夫，吾何忍草此一幅断肠词，以赚读者诸君恨泪哉？吾草此篇，吾心如割，悲泪涔涔，不禁缘毫端而下。然而吾又不得不草此篇，以与大千世界善男子善女人共读之。以哭落花怨之泪之血，哭将来朝鲜第二之祖国也。吾岂愿洒此无谓之眼泪哉，奈叔宝全无心肝何？

黄女士者，西子湖畔人也。父某为邑中富豪，晚年始生女士，钟爱不啻掌上珠。女士丽质天成，云鬟雾鬓，袅娜动人，殆天上安琪儿，非人间女子可媲美也。女士生有宿慧，年十七，肄业某女学，各科靡不洞悉。尤精英文，声入心通，一若六桥三竺间之灵气，悉钟于女士一身者。

某年夏，女士毕业于女学，会其兄拟游学英伦，女士乃欣然负笈从。兄入文科，屡试辄冠其曹，彼都人士以其为有志少年也，尚遇以殊礼，不以奴隶目之。女士抵英后，入某女学肄业。越年其兄已毕业，获学位，束装回国。临别依依，未免别泪双飘。时女士以未届毕业之期，故未能赋归去来辞也。

夏期暑假，气候溽暑，终日如处洪炉中，局蹐不安。女士不幸抱采薪之忧，为病魔所缠绕，于药炉茶灶间讨生活者十余日。达克透①谓宜养疴海滨，以避尘嚣，且可吸清新空气，于病体不无少补。女士然其言，遂只身独往海滨，而女士所以致疾之由，则以风雨晦冥之夜，寂寂埋书城中，不节劳之故耳。既抵海滨，求宿舍十余处，宿舍主人咸询女士是否日本人，女士生平不作诳语，

---

① 达克透：指医生。

乃以实对曰：余非日本人，乃中国人。众闻女士言，咸厉声叱曰：亡国奴，速去休，勿污吾一片干净土。其速行毋溷乃公为。脱不然，莫谓吾棒下无情也。女士不得已，且行且泣，彷徨途次，血泪染成红杜鹃矣。自念此细弱鹪鹩，又将安往。穷途日暮，何处乡关，引领东望，眼落都是沧桑感，不知涕泗之何从也。

未几，折道循海滨行，寻抵一家，结构颇工。前临浩海，银涛排空，一碧无涯，披襟当此，洵足涤俗尘万斛也。宅后有芳园一片，园中花红欲然，树浓似幄，万紫千红，都以笑靥向人，风景亦复不恶。女士往叩其门，女主人欢然出迎，导女士入，以近园之一室居之。室中陈设，亦甚风雅。女主人年约四十，面目间殊仁慈，待女士颇欢洽。女主人故善辞令，与女士相周旋，故谈不数时，已如数年莫逆交矣。女主人既与女士洽，相谈甚欢，而女主人吐属尤温文有致，足令听者忘倦。谈时道其子不去口，女士则唯唯坐听而已。傍晚，下婢来请女士晚餐，女士遂随之入膳堂，则见一美少年据案坐，面如冠玉，额容平直，神采奕奕如天神，双眸美秀，傲若有余。女主人乃介绍于女士曰："此即吾儿，吾为密司[①]绍介。"女士颔之，与少年行握手礼。餐竟，少年偕女士闲步园中，吞吐夜气，为状殊适。南汀格[②]隐绿阴中，啁啾迎客，野花倚篱，迎人欲笑。一路晚风拂面，送种种之花香，扑入鼻观，沁人心脾。一钩新月，团圞如镜，照于女士身上，无殊绛阙朱扉中之仙姝也。

二人信步所之，循花径而行。少年吐属，较乃母尤为温雅。二人絮语缠绵，两情猝如胶漆。欢谈移时，鱼更已二跃矣，乃各握手道别。女士遂归己室，则见电灯照耀，光明朗澈，乃推窗纳风，而长青藤蒙络蔓延，若为彼窗际装饰品。南汀格钩辀格磔，若为彼窗际音乐具。女士倚枕假寐，心如乱丝，宛转思维，未入黑甜深处。无何晓钟初动，朝暾上窗，窗外鸟声啾啾，若告人以晓至。女士匆匆整花冠，束衣带，娉婷而入园，坐绿阴下以吸空气。鬓丝微掠，临风四袅。两旁松柏肥绿，亭亭立晓光中。女士胸襟颇适，然一忆及国家多故，则觉鸟啼花落，无非取憎于己。泪珠盈盈，已湿透罗袖矣。静

① 密司：指女士。
② 南汀格：指夜莺。

坐移时，百感交集，乃入膳堂，起居女主人时适早餐，女士复与少年同桌坐。少年运其广长之舌，议论风生，唯女士则作息妼之不言，绝不露轻佻气象，唯唯否否而已。

餐罢，女主人尼女士按批亚那①。导入一室，室中陈饰，尤为华美，如入山阴道上，令人目不暇接。女士乃按琴而歌，高唱入云，作海天风涛之曲。如春莺调簧，如冷泉咽石，珠喉宛转，慷慨激昂，仿佛作王郎拔剑歌也。时少年兀坐其旁，虎视眈眈，犹饱餐其秀色。如花粉腮，亦几为之射破矣。歌罢，女主人称道不绝口，女士再三谦让。乃偕少年出，凭眺海滨，则见万顷绿波，清漪如镜，对岸之树影波光，一若接于几席。烟波深处，隐约见白鸥点点，飞翔水面，若不知人世间有所谓苦忧患，有所谓苦恼者。人而不能自由也，不如此渺小一鸥矣。时则一轮红日，已在地平线上，海天皆赤，仿佛见有千百日影，卷浪冲波而出。女士一览此景，犹置身于云水乡中，犹鸥之飞翔于烟波深处，几栩栩欲仙矣。

---

① 批亚那：指钢琴。

光阴如矢，日月如迈，女士居于此者二十余日，不知我之送光阴，光阴之送我也。女士晨起，必于园中静坐，藉玩天趣。漫漫长日，无以消遣，则有少年来，与之促膝谈心。晚则于海滨观夕照，二人亦日益亲密，一寸一暑之石火光阴，无非在情天中讨生活。唯女士则不苟言笑，束身圭璧，心如古井之水，但以朋友之谊遇之。而少年本为情种，既得日亲女士芳泽，遂致飞絮满身，不能排遣而出诸情网，早于冥冥中暗布相思种子矣。月下老人，洵多事哉。

一日昧爽，晓风拂面，零露沾衣。残月一钩，尚悬天末作微黄色。女士晓妆初罢，挽髻作远山式，复独往园中，彳亍花径。以女主人爱紫罗兰，思撷此以赠，乃低垂其蜷蜷之颈，即绿阴中觅紫罗兰。时则女主人子饮白兰地初罢，醉语惺忪，吸淡芭菰①，凭窗远眺，见绿杨阴里，芳草堤边，有一衣碧衣裳缟、裳之倩影，如惊鸿之一瞥。谛视之，即寤寐难忘之东方美人也。少年自忖此时，何不绕入芳园，趁此晓光中，与彼美絮絮款语，

---

① 淡巴菰：指雪茄。

洵大佳事。于是着外衣，沿道来觅女士。行未数十武，已见女士在树阴下，闲步晓光中，宛如名葩初饴，向阳而招展也。少年自树后呼曰："密司胡为凌露来此，如感受冷露之侵袭，吾恐珊珊弱质，实不胜消受此折磨也。"女士聆其声，知为少年，乃回首微笑曰："无他，夙闻君母爱紫罗兰，故撷此以稍尽妾意耳。"少年亦笑曰："余亦爱此花，密司胡不撷以赠吾，乃赠吾母。"女红云上颊，低垂粉颈，以春笋弄紫罗兰之花瓣，默然无语。少年又曰："密司日来遇我厚，我感愧莫名，汝且来前，待我向汝道谢，愿上帝福汝。"女士闻言，默念此君出言胡绝无伦次乃尔，余寄食彼家，一切皆仰给于其母，纯然如佛，过此快乐光阴，曾未一道谢忱，彼反谢余，毋乃风马牛不相及。彼既出此言，必非无因。乃思效温太真绝裾而去，而心动手战，玉手中所执紫罗兰，悉散于地。因俯身拾取，少年亦为之代拾，渐近女士身，突然起立，坚执女士皓腕，迳与接吻。女士失声而号，缩归其手，而秋波中几欲迸出火星矣。既乃厉声叱曰："荒伧何无礼乃尔，吾非枇杷门巷中人可比，何物狂徒，乃敢玷污吾神圣不可侵犯之身。尝闻欧西人皆文明，亦不过欺

人谈耳。吾当奔诉尔母，以评曲直。"少年笑曰："汝即
奔诉吾母，亦不过置之一哂而已。吾誓必令玉人归我始
已，若当知吾于膳堂一见汝后，而三生石上，红丝已牢
牢缚定。日间虽能与汝把臂，而晚间自憾不能与汝同梦，
不审此一日十二小时，何若是之短，不能与汝把臂稍久，
常恨太阳神之无情。故一至残晖西没，吾乃怅然若有所
失。虽卧孤衾之中，而一点灵犀，仍绕汝衾枕之旁。一
缕痴情，充塞脑蒂之中。时亦哑然失笑，念汝既无意，
我何必为此半面相思，徒自苦累。乃思一挥慧剑，斩断
情丝，而一见汝之如花玉容，吾又堕入情网矣。吾今假
汝以十分钟之思索，汝能否归我，即受尽永劫不复之苦
恼，当亦心甜意悦，不复怨天尤人。汝既为日本人，吾
等成婚后，即可归国度蜜月，一切皆唯汝之命是听，吾
亦愿作脂粉囚奴矣。"女士冷笑曰："天下多美妇人，何
必是此。英伦三岛间，岂无一当意者。实告汝，吾非日
本人，乃中国人也。"少年闻言，夷然如不闻，然面上亦
微露惊讶状。移时始曰："中国人欤？亦无伤，中国人尽
人皆亡国奴，唯汝则天上安琪儿耳。汝必归我，脱不然，
当知吾亦足以制汝死命。此英伦三岛间，使汝无立足地，

8　　　　　　　　　落花怨

并不能归国。汝能允吾否？"女士略为思索，乃曰："若厚我，令我铭感，唯吾国凡遇儿女成婚事，非函禀父母不可，姑再商如何？"少年始颔首去。

少年既去，女士芳心趑趄，恨恨向海滨而行，怅然得失，唯向浩海而洒泪。移时乃怏怏归寝室，且行且思，谋所以对付之策。是晚辗转思维，未入黑甜乡里，而孰知快乐之光阴已疾变灭，凄绝哀绝之活剧将从兹开幕矣。

翌日清晨，晓日一竿，绿窗红映。女士晓妆才毕，娉婷出兰闺，忽见下婢至，面色严厉。厉声谓女士曰："吾家主母唤汝，速随吾行。"女士乃从之入女主人之室，则见女主人面目狞厉如夜叉，面上如罩重霜，昔则如和暖之春风，今则如萧索之秋气，令人勿怡。见女士至，傲然不为礼，厉叱曰："咄！亡国奴，若以一世界第一等之贱种，匪特污我一片干净土。乃敢以汝之狐媚手段蛊吾子，丧吾子之人格，玷吾子之家声，若今知罪乎？吾前以若为日本人，故容汝勾留于此，不图汝乃无耻若是，速去休，吾高洁无上之居室，实不能容汝亡国奴作一日留。"遂唤下婢逐女士于户外，犹声声詈不已。女士椎心泣血，泪落如亚拉伯之树胶，九阍弯远，呼吁无门。搔首问天，呼苍苍而不应，斯时之女士，未免愁肠寸断矣。

　　女士彷徨途次，恍如丧家之狗，乃思附轮回国，不致作他乡之鬼。遂往购新闻纸数纸，知是日有船往新加坡。女士鹄立海滨约一时许，往来踯躅，秋波欲涸。移时始见海天深处，隐约有一舟鼓浪而来，谛视之，适往新加坡者也。不觉大喜，心中豁然开朗，如得夜光之珠。于是购票登舟，未几，舟将启碇，忽见一少年至，则女主人子也。女士怒形于色，不为礼。少年曰："若往新加坡耶？亦大佳，我犹可与若共晨夕，前园中之言如何者，今当践约。"女士怒曰："若母既下逐客令，彼此之关系已绝，若胡为追踪来此，于吾前喃喃饶舌耶？况吾乃亡国之奴，安能为若床头人，即成此孽缘，若亦将不齿于国人。我誓不为此，脱不然，吾当以颈血溅若之袖，莫谓巾帼中无丈夫气也。"言次，恨恨归己室。舟行数日，舟中英人，皆以女士为日本贵族，遇之甚厚。每有宴会，必折柬相招，脱不至，则座人皆不欢。女士吐属既温文有致，尤善酬酢，雄辩滔滔，常靡其座人。况生成丽质，举止温存，一出室门，则舟中人逐影追香，争交目于汉皋神女。而少年遇之尤亲切，女士则以冰颜报之。继而英人皆知女士乃中国人，非日本人，咸大惭。女士一出，则诟厉不绝口，金唾之为亡国奴。而女士殊不顾，唯每于夜深人静，月黑天高时，出立船首，对茫茫浩海而长叹，娇声呜咽，不胜悲抑；泪点淋漓，恍如带雨梨花。越数日，舟已抵新加坡，女士乃上陆觅旅舍，少年则追踪不少懈。一日女士香梦方醒，鬓云微松，直似睡足海棠，令人真个销魂。女士乃盈盈下床，忽觉枕畔有人谛视之，则少年也。不觉大惊失色，神经霎时麻木。少年曰："今可申前约矣，如固执者，我将以此事暴露于外。安有以一黄花闺女，与人同衾，若之名节亦扫地矣。斯土有一牧师，乃我知友，可为吾等主婚人，佳期即明日也。"女士俯首无言，玉手纤纤弄衣角，恍如一博物院中之石美人，少年径与接吻而出。

翌晨，女士方起，彳亍庭中，以舒怀抱。缅想前尘，不堪回首，俯仰低回，不禁愁损春山矣。当斯欷歔欲绝之际，忽闻有橐橐之响，方凝睇间，则见少年昂然入，已至身前，握女士手问曰："胡为在此凉阴里，独不畏罗袖太薄耶？"女士心怦然动，俯首不之答。少年又续曰："马车已待于门外，速行毋迟。"言已，乃挟女士出，径上马车，与御者作一二言，而马蹄得得，如一道流星，飞行而去，少年亦高赋有女同车矣。

结婚后，女士愁容暗结，红泪偷弹。玉楼深锁，寂寞生涯，愁城风味，亦消受够矣。每于花晨月夕，感花溅泪，对月吟愁，顾影萧条，郁郁谁怜。肮脏情怀，只能诉与落花知耳。以女士纤纤弱质，又安能长日于愁城中讨生活。故不数日间，而宝靥销红，一病倒在潇湘馆里，菱花镜里形容瘦，已作憔悴姬姜矣。少年以医来，女士辞曰："心疾须将心药医，达克透宁能疗吾心疾耶？"越数日，病少瘥，而印度洋中骤起数百丈之狂飙，蜚语沸腾，众喙铄金。少年以眷女士故，遂不齿于国人，居停亦下逐客令，乃别赁一屋居之。牧师复以绝交书至，从此薄命桃花，遂断送于雨骤风狂中矣。

少年处此四面楚歌之中，不得已，乃思附轮回英，不致落魄他乡。忽有一书至，读未竟，面色惨白如纸，盖英伦少年母之书也。书中略谓曩昔汝乃吾子，今既自暴自弃，吾亦不以汝为子矣。汝既爱彼亡国奴，毋容污我英伦一片干净土。生则饮奴隶之水，死则葬奴隶之土，汝如欲归国，则速与彼亡国奴绝。噫，有此一幅催命符，直射于女士之眼帘，女士乃死，女士乃不得不死。

女士睹此函，芳心之跳跃，骤增至一百七十度，血之流行，因而加捷，几欲从秋波中樱口中推涌而出。神志已失其灵敏，仿佛坠身于北冰洋中，只觉冷气森森，沁入心脾。自知死期已迫于燃眉，然强颜欢笑，一如平日。自念茫茫世界，竟无地以相容，王谢堂前，旧巢又不可复。一念及此，寸衷如割，泪影莹莹，几湿透鲛绡矣。无何花砖暑影，逐渐东移，一片残霞，已加鞭向亚美利加而去。女士瞰少年已入黑甜，乃就案作书志别，书曰：

嗟乎吾夫，死矣死矣。滔滔流水，容知吾心。妾生不逢辰，生于中国，乃蒙吾夫遇吾厚，而自濒于难，虽粉身碎骨，不足以报万一。妾久怀死志，所以含耻偷生者，因未见故乡云树，死为异域魂耳。今所吸者乃中国之空气，所居者乃中国之土地，生为中国之人，死为中国之鬼，如此江山，妾亦无所眷恋。与其生而受辱，不如拼此残生，以报吾夫，亦所以报祖国也。嗟乎吾夫，吾作此书，吾泪涔涔，此书入君目之时，见有斑斑点点如桃花片者，君其记取，即妾之血泪痕也。妾身虽死，妾魂犹生，当日日附君而行，至数千年后。妾之魂化为明月，君之魂化为地球，辗转相随，万古不变，即至天荒地老，海枯石烂，而妾之魂犹绕君而行，不宁舍君他去也。嗟乎吾夫，长相别矣，妾死之后，望即寸剐吾身，以饲狗彘，盖亡国奴死欲速朽，又何必墓门西向，千载下受人唾骂。异日孤窗独坐，或闻子规啼红，如怨如慕，即妾嘤嘤啜泣之声。或见灯影闪烁，若隐若现，即妾渺渺无依之魂。请以浊酒一杯，一扬灵焉，则妾亦含笑九京矣。吾夫吾夫，别矣别矣，吾知君玉钩低垂，罗帐沉沉中，方梦见薄命人弹泪作断肠词也。

女士书毕，香腮枯白，气喘喘如吴牛，一缕之息，纡回若游丝。娇躯若柳丝，颤颤欲坠，不复能自持。乃将闺门紧闭，即向身畔取出三尺白绫，展视良久。自慨曰："尔以天生丽质，今乃毕命于此，红颜薄命，洵不诬焉。嗟乎吾夫，行再相见。"女士毕其词，将白绫高悬，瞋目奋呼曰："吾中国之同胞其谛听，脱长此在大梦中者，将为奴隶而不可得，彼犹太、波兰之亡国惨状，即我国写照图也。"呼声未绝，而一缕香魂已归离恨之天，时则白云惨淡，日薄无色，玉扃锁愁，琼栏驻恨，唯有小鸟啁啾，悲鸣凭吊而已。

瘦鹃曰：嗟乎，娟娟明月，印河山破碎之恨；飒飒悲风，起故国凄其之慨。若黄女士者，即中国国民之前车也，读者见之，其以为何如？然余方握管时，汛澜不已，不审此斑斑点点者，是泪是墨也。

（原载《妇女时报》第 1 期 1911 年 6 月出版）

行再相见

却说一天是九月的末一日，枫林霜叶，红得像朝霞一般。薄暮时候，斜阳一树，绚烂如锦。玛希儿弗利门从英国领事署里慢慢儿地出来，抬头望了望美丽的天空，吐了一口气，便跳上一辆马车。那马夫加上一鞭，车儿已辚辚而去。这玛希儿弗利门原是英国伦敦人氏，年纪约有廿七八岁，长身玉立，翩翩少年。十年前就毕业奥克斯福大学，得了个学士的学位。庚子年间，在北京英国公使馆里充当书记，一连做了好几年。如今却调到上海来充领事署的秘书。领事很器重他，当他是左右手似的，片刻不能相离。他也勤勤恳恳地做事，一年三百六十五天，没有一天不到。每天早上八点钟，就带朝日而出，到馆视事。每天晚上五点钟，就带夕阳而归，回家休息。

每天出来回去，总经过一家花园。经过时，园里的阳台上，总有一个芳龄十八九的中国女郎，把粉藕般的玉臂，倚着碧栏杆亭亭而立。双波如水，盈盈下注，玉靥上还似乎堆着两个微微的笑涡。玛希儿初时并不在意，后来见天天如是，早上过时，往往见晓日光中，总着个美人倩影；薄暮过时，斜阳影里，也总是凭栏有人。那两道秋波，像闪电般射将下来，仿佛射在自己身上，于是心里已有些儿明白。每天过时，免不得要睁起两眼，向那阳台上望它一望。因此上楼上盈盈，楼下怔怔，那四道目光，每天必有两回聚会，倒好似订定了的密约一般。过了几来复，两下里竟如素识。玛希儿过时，这一边规定地向楼上脱一脱帽，那一边规定地向楼下嫣然地一笑。无奈盈盈一水间，脉脉不得语，只能凭着他们四个眼儿通意罢了。不道天缘凑合，有一天是礼拜日，他偶然走过那中国公园，便迈步进去瞧瞧。却见一个花枝招展的中国女郎，分花拂柳而来，玉貌亭亭，似曾相识。正是那个天天凭栏送盼的女郎！玛希儿弗利门便走上一步，脱了帽，劈头先喊了一声密司。那女郎颊晕双涡，掠着鬓云一笑，接着两口儿已在旁边的椅上坐下。款款深深地讲起话来。女郎倒也操着一口好英国话，说得如泻瓶水，十分流利。原来她是广东的番禺人，姓华名桂芳，从小在教会里读书，所以英国学问，已造高明之域。她父亲早在庚子那年，在北京被一个外国人杀死了。她母亲苦念丈夫，也就一病而亡。可怜这曙后孤星，伶仃无靠，亏得有一个伯父照顾她，带她到了上海，仗着有些儿遗产，在一个幽静所在借了一所巨厦，一块儿住着，过他们清闲的岁月。只是铜雀春深，小乔未嫁，人非木石，免不得心醉少年了。当下两人谈了一会，十分浃洽，好似多年的老友。直谈到残晖西匿，新月东升，方始勉勉强强怅怅惘惘地握手而别。临行时两双眼儿还碰了好几个正着。第二天晚上，玛希儿弗利门从领事署里出来，走到那花园之前，却并不抬头向阳台上望，自款关而入。

门外汉居然做入幕宾了。从此以后，他天天总得进去一趟。或是把臂窗前，或是并肩花下，两下里已情致缠绵到十二分，竟有难解难分之势。

这一天他坐了马车，直向女郎家来，到了那花园前，停下车来，匆匆而入。直到一间精雅小室之中，在一把安乐椅上坐下。从袋里取出一封信来读着，一面扬声唤道："桂芳桂芳，你在哪里？"不一会即见画屏背后莲步姗姗地转出那美人儿来，玉手里执着一束红酣欲醉的芙蓉花。人面花容，两相辉映，把媚眼瞟着玛希儿荪利门，娇声呢呢地说道："呀，郎君，你来了！吾正在后园采几枝芙蓉花，想插在这玉胆瓶中，免得空落落的。只累你等久了。"荪利门道："吾方才来此。"说毕又读手中的信。桂芳走至桌前，弄着那芙蓉花。荪利门忽又说道："桂芳，你以为如何？吾们外交部里要召吾回英国去咧！"桂芳听了，手里的芙蓉花，顿时像红雨般索落落地掉在地下，双波注着荪利门，诧异道："怎么？你可是要离开这里？你可是要丢了这上海去么？"荪利门道："正是，桂芳，吾要回伦敦去，伦敦！桂芳，伦敦！"桂芳一声儿也不响，扭转柳腰，低垂粉颈，拾那地上的芙蓉花起来，清泪盈眸，几乎要夺眶而出。茀利门悄悄地瞧了她一会，便道："桂芳，你过来。"桂芳忙执了芙蓉花，走将过来，坐在茀利门旁边，玉指纤纤，理着茀利门的头发。茀利门悄然说道："吾去时，你不好和吾一同去？"说时，从桂芳手里取了一枝芙蓉花，替她簪在罗襟上。桂芳似乎没有觉得，愁眉蹙额地说道："郎君，无奈吾不能跟着你去。"茀利门道："但是吾怎能舍得下你？"桂芳惨然道："你舍不得吾，吾也何尝舍得你来？吾很愿意跟着你去，到处双飞。无如身不由主，须得听我伯父的节制。"茀利门道："只是你差不多已是吾的人，须同吾一块儿去。况且你年纪已长大了，一切尽可自由，为什么要听你伯父的节制？"桂芳叹了一口气，说道："你不知道吾们中国的风俗，和你们英国截然不同，做女子的一辈子不能自由。加着吾父母相继死后，幸而伯父抚育吾，不致失所。他好似一棵大树，吾好似一只小鸟；这小鸟好几年栖息大树之中，如今羽毛丰满了，难道就丢了大树，插翼飞去么？"茀利门默然不语了半晌，才道："桂芳，吾心中除了你以外，委实没有第二个人，你是个最可爱最柔媚的美人儿，吾愿意一辈子同你在一块儿，白头偕老。吾爱！吾们回到了伦敦，以后快乐的日子正长咧。"桂芳微微地退后，瞧着莆利门，悲声说道："郎君，吾伯父一定不许，吾伯父一定不许！"莆利门道："桂芳，你不该拒绝吾的请求。难道这半年来的爱情，已付之流水么？"桂芳掩面道："郎君，你该可怜吾，原谅吾——吾上边还有伯父！"莆利门怫然道："好，你当真不爱吾了么？"桂芳放下了手，说道："吾的爱人，吾何尝不爱你来？巴不得天长地久，吾们永永在一块儿，不论怎样，终不分开。吾这一颗心，只不能抉出来给你瞧。郎君，你千万别说那种话儿，把吾的心寸寸捣碎呢！"这时天已暝黑，月光像水银般透将进来，照见这一双痴男怨女，都双泪盈眶，黯然无语。停了会儿，莆利门方才起身说道："吾爱，吾们的爱情，总永远不会磨灭。你心里放宽些，不必悲痛。如今吾要回去了，明天再作计较罢。"说时挽了桂芳的杨柳腰，在她樱唇上甜甜蜜蜜地亲了一下。走出屋子，弯弯曲曲地过了一条花径，出花园而去。到了门外，又回过头来扬了扬手。桂芳鞠了一躬，高声呼道："郎君，明天会！明天会！"莆利门去后，桂芳又呆呆地立了一会，才娴娴入室。

过了三分钟光景，有一个五十岁左右的人，一头花白的头发，几绺花白的髭须，徐徐地从花园外边进来，直入室中。桂芳一见这人，就欢呼道："伯父，你回来了！"忙倒了一杯茶，双手奉与伯父。她伯父瞧了她一眼，说道："那外国人今天已来过了么？"桂芳道："正是，莆利门已来过了。"她伯父道："他待你很好么？"桂芳羞红满颊，低垂粉颈，轻轻地答道："伯父，他待吾很好。"伯父呷了一口茶，吐了一口气，说道："吾刚才恰好遇见他。他的面庞，今天才被吾瞧清楚了。如今吾要告诉你一件故事：七八年前广东番禺有一个巨商，同着他妻女俩和一个阿兄，在北京做买卖，很有些信用；不想庚子年间，拳匪乱起，东也杀洋鬼子，西也杀洋鬼子，把个偌大北京城，闹得沸反盈天。后来各国派兵到京，不知道有多少无辜良民，死在兵火之下。可怜那巨商也逃不过这个劫数！有一天同着他阿兄经过英国公使馆，被一个外国人用手枪击死。幸亏他阿兄眼快，逃了开去。"桂芳急道："伯父，这可不是说阿父和你的事么？"伯父道："一些也不错。那时吾虽逃了开去，那外国人的面貌，已被吾瞧得明明白白。当下吾便立誓将来

22　　　　　　　　落花怨

定要找到这仇人，替阿弟报仇。一向吾说起了这外国人，你不是也咬牙切齿的么？"桂芳答道："正是。吾若然遇了这仇人，定要刬刃其胸，报这不共戴天之仇。"伯父微笑道："好孩子，如今好了，天公大约也很可怜见吾们，因此使那仇人落入吾们的手，恰巧又落在你的手中！"桂芳大惊道："伯父，你这话是什么意思？"伯父道："桂芳，那击死你阿父的仇人，今天已被吾找到了。"桂芳急道："当真已找到了么？"伯父道："正是呢。十年宿怨，从此便能一笔勾销。那仇人不是别人，就是你的情人，那个外国人！"桂芳闻言大惊，不觉退下了一步，大呼道："这是哪里说起？他就是吾的仇人？"伯父道："一些儿也没有错。你的情人，就是你的仇人！"桂芳道："这怕未必罢。他是个很温和很慈善的人，怎么会做这杀人的勾当？"伯父倾身向前，眼睁睁地瞧着他侄女，悻悻说道："好好，你为了这外国人，便忘却你阿父么？忘却你从前报仇的誓言么？忘却你阿父的惨死么？"桂芳颤声道："吾怎敢忘却！"伯父道："你既不忘却，你阿父在地下也要含笑。如今吾和你说一句最后的话，玛希儿莆利门，杀死你父亲的仇人！明天你就该把他置之死地，尽你做女儿的本分！"桂芳闻言，不则一声，但她柳腰一扭，像燕子般掠到她伯伯身旁，跪了下来。抬头瞧着伯父，玉容十分惨淡，悲声道："伯父，吾的伯父！教吾怎能下手？怎能杀死玛希儿荦利门？"伯父庄容道："桂芳，你须知道，你阿父只有你一人，并没有三男四女。你不替他报仇，谁替他报仇？你若是孝你阿父的，总要使他灵魂安适。难道为了儿女私情，忍心把父仇置之不顾么？"说着，探怀取出一瓶药水来授给他侄女儿，又道："你只把这药水滴几点在茶里，给他喝了，便能沉沉睡去，并没一丝痛苦，比你阿父死时爽快得多呢。"桂芳伸两臂，向她伯父说道："吾的伯父，吾如何下得这般毒手？吾们平日何等地相爱，他从来不把疾言厉色向吾，千种温存，百般体贴。吾面上偶然露出一些不快之意，他立刻柔声下气地来安慰吾。伯父，吾委实爱他！吾们虽没有结婚，那爱情却比结了婚的更深更热。这半年之中，他直好似吾眼眶里的瞳子，心里的血。朝上起来，第一个念头，总是想玛希儿——吾的爱人！晚上时，末一个念头，也总是想玛希儿——吾的爱人！伯父，如今你却要吾杀他，像吾这样一个弱女子，哪里来的铁石心肠？他又是吾的情人，又是吾未来的夫婿，伯父，你该可怜见吾啊！”伯父怒气勃勃地立起身来，握着桂芳的臂儿，大声道："女孩子，你须知道你是中国人！不论怎样，须服从你长辈的命令。明天你一定要下手，把他治死。"说罢，放了手。桂芳眼儿注着地，芳心欲碎，柔肠欲断，一会才仰首说道："伯父，你或者误认了，他不是杀死吾父亲的仇人。"伯父道："仇人的容貌，深深地镌在吾脑儿里，七八年来没有一刻忘却，哪里会误认？一二月以前，吾早已怀疑。今夜月光大好，就被吾瞧得明明白白，定然是他。你既不信，明天不妨探探他的口气。若然他不是杀死你父亲的仇人，吾自然没有什么话儿说；若然他确是杀死你父亲的仇人，你就该想想做女儿的本分。"桂芳道："倘是他果真杀死吾阿父的，吾自然不得不替阿父报仇。报了仇后，吾的本分已尽，便跟着他向他去的路上去。"伯父道："好孩子，你听吾的话。他可以死，你不可死。他只能独自向那死路上去，你不能伴他。你死了，你阿父一定不以为然。你是孝女，总该体贴你阿父的心。明天晚上六点钟，吾在那公园里等你。他一死，你就赶来瞧吾。吾望上天保佑你，使你成功，明天会。"一边说，一边出室而去。桂芳伏在地上，掩着面，只是嘤嘤地啜泣，直哭到天明，已到了泪枯肠断的境界。好容易捱过一天，又不知落了多少眼泪。

五点钟时，玛希儿茀利门欣然来了。却见他意中人正踞在地上，把脸儿掩着，似乎在那里啜泣的样子，便疾忙过去，抱了她起来，在一把睡椅上坐下，抚着她柔声说道："吾的亲爱的，你为了怎么一回事？吾爱，快告诉吾，快和吾说！"桂芳兀是不响，把蟝首倚在茀利门肩上，泪珠儿不住地涔涔而下。茀利门甚是纳罕，但是也莫名其妙，只连连亲她的粉颈和香唇。一会桂芳才轻启樱唇说道："亲爱的郎君，吾们相亲相爱，屈指已有半年了，吾可使你快乐么？"茀利门笑道："吾爱，自然快乐，自然快乐！从前吾不知道爱情是何物，及至见了你，就不期然而然地发生出爱情来。如今吾总自以为世界上第一个幸福人，每天只等领事署的门一闭，便能到这世外桃源似的所在来，和心上人把臂谈心，消受柔乡艳福。"说着，把双手捧了桂芳的面庞，向着她，又道："吾的桂芳，你是吾世界上独一无二的爱人！你可也爱吾么？"桂芳道："吾们中国女子，原不知道什么爱情不爱情，吾也不知道什么爱你不爱你。只觉得白日里想什么，总想着你；夜里梦什么，总梦见你。有时你把吾抱在臂间，一声声地唤着吾的桂芳、吾的爱人，吾心里就觉得分外地快乐。郎君，这个大约就是爱你了。"莆利门不住地亲着她青丝发，悄然无语，那样儿却非常得意，半晌，桂芳忽尔问道："郎君七八年前你可是还在故乡吗？"莆利门道："那时吾已到中国来，在北京英国公使馆中充当书记。"桂芳道："那年正是庚子年，吾国忽地起了一种拳匪，专和你们外国人作对，把个辉煌煊赫的偌大北京城，闹得落花流水。那时你可受惊么？"莆利门道："只略受些儿惊吓。那时吾年少气盛，也恨那些拳匪刺骨。有一天正在馆中忙着办公，忽听得门外人声喧哗，说是拳匪来袭击公使馆了。吾怒不可遏，执了一枝手枪，一跃而出，一连放了几枪，居然把拳匪吓退。只是事后一检，那些拳匪一个也没有死，连伤的也不见，却伤了几个无辜良民。有一个四十左右商人模样的人，已被吾击死了。吾至今还在这里问心自疚咧！"桂芳大呼道："那商人竟被你击死了么？"莆利门道："这也是一时操切所致，现在也不必去说它了。"桂芳头儿靠在莆利门膝上，拔了自己罗襟上插着的一朵芙蓉花，一瓣瓣地撕了下来，抛落在地，默然了好久，方才起身说道："郎君，你等一会，吾替你做一杯咖啡来。"走了几步，忽又立定了，回到荬利门身旁，说道："郎君，你再说一遍，说你是爱吾的，说你是永远不愿和吾分手的呀！郎君郎君，你再把吾抱在臂间说：'吾的桂芳！吾爱你！'"荬利门也不知其所以然，只拉了她过来，亲着她说道："亲爱的，吾的爱人！你为了什么，态度有些儿改变？吾自然一心爱你，万万没有两条心。你别哭，快收了眼泪，替吾做咖啡去。"一面又和桂芳亲了一个吻。桂芳走到画屏之前，倏地又回了转来，跽在那睡椅旁边，凄凄楚楚地说道："郎君，你不论遇了什么事，总要原谅吾，体贴吾的心。吾是永远爱你的，吾的身体为了你牺牲，也所甘心。你到哪里去，吾总伴着你去。你若是到世界的尽头处去，吾也跟着到世界的尽头处去，决不肯听你独去，寂寞无伴。"说时，把手儿掩着玉颜，一动都不动地跽在那里。荬利门瞧着她，很为诧异，但是也不知道其中道理。只当是为了昨天说起了要回英国去，所以她心里郁郁不乐。于是又捧起桂芳的脸儿来，含笑着亲了一下，说道："亲爱的，这不打紧，吾到哪里去，自然总带你一同去。吾身外之物一切都可以没有，然而不可以一天不见吾的桂芳。"桂芳在那睡椅旁边痴立了半晌，才轻移莲步，往屏后去了。停了一会，已托了一只茶盘出来。迟疑了半晌，方始颤手把那一杯咖啡给授荓利门，一边说道："吾的郎君，你喝一杯咖啡！"荓利门带笑容道："吾的爱人，多谢你！"便擎杯凑在嘴上，咕嘟咕嘟喝一个干。喝罢，扑地向后倒在椅上，那杯儿掉落在地，打了个粉碎。桂芳秋波含泪，对着她意中人呆瞧了好一会，才低下蝤蛴般的粉颈去和他亲了一个最后的吻。接着跽在地下，发出杜鹃泣血似的声音来，凄凄恻恻悲悲惨惨地喊道："郎君！行再相见！"

（原载《礼拜六》第 3 期 1914 年 6 月 20 日出版）

为国牺牲

一

大中华民国与敌国宣战后之三日，中原健儿尽集于五色旗下，厉兵秣马以须。黄歇浦畔一小屋中，有一英俊少年，横刀立门次，体态昂藏，可六尺许，目光熠熠有棱角，四射如电炬，时则扬声谓其老父曰："别矣阿父，儿去也。"老人力把其爱子之手，欢然言曰："别矣吾儿，愿汝努力，尔父老矣，今日一别，或弗能复见儿面，然为祖国故，即牺牲吾百子，无恤也。"老人言既，即有一老妇自一木椅上盘散而起，至于乃子之侧，展其手按爱子肩。双眸莹然，直注其面，久久乃弗瞬。少年扶母归椅，使坐屈一膝跽于地，捧其皱纹叠叠之面于手中，与之亲额，怡声言曰："别矣阿母。儿此去当杀敌归。母其备国旗以待，为儿拭宝刀，勿使敌血凝其上，锈吾霜锋。今兹母曷以笑靥向儿，儿行矣。"母欲语，声格格不得吐，则展靥而笑，两手仍坚执其爱子之臂，弗忍遽释。遍体斗大震，似欲力排其中心之悲痛，顾终为爱子之情所克，以广袖掩面，伏其首于椅臂上，啜其泣矣。少年惧为阿母眼泪短其英雄之气，即一跃而起，不之顾。将行，则又顾谓桌畔一亭亭玉立之蓝衣少妇曰："吾妻，吾二人别矣。"少妇遂微步近少年，出其纤纤之手把少年臂，复以明眸注少年面。而少年亦还视其妻。两人修短适相若，两人之目光乃交互而成直线，如是者可十分钟。少妇始低声呼曰："别矣吾夫，愿汝无恙。"少年首微点，返身出。少妇遂扶老人立门外，目送其英雄夫婿跃马而去。夕阳娇红，笼首作赤闉，如大神顶上之圆光。此神盖救世之神也，将弗见。少妇即自罗襟间出其白罗之帕，高扬于头上，振其玉喉呖呖呼曰："顾明森大尉万岁！大中华民国万岁！"顾明森大尉者，少年也。

顾明森大尉此去，实与爱妻为永诀矣。当其行时，此娟娟者尚曼立门外，嫣然作浅笑，高呼万岁以壮夫婿之气。则其笑直较哭为尤痛，泪已盈眶，乃强制弗听出，而此强制之工夫，良匪易易。迨夫婿既远去，则即踉跄入门，席地恣哭，悲悒至于万状。良以二人结褵才三阅月，新婚燕尔，闺中之乐趣正浓。今特以捍卫祖国故，乃不得不作分飞之燕。妇虽灼知爱国之义，然亦不能无悲。是日直啜泣至于日殁，悲犹未杀。而老人则老怀弥乐，一无所悲。老人当壮年时固海上健儿，甲午之役亦身列戎行，勇乃无艺。尝于月夜只身犯敌垒，夺其帜，受数十创归。后又屡立战功而受创亦屡，故其身上疮痂纵横纠结，为状绝类地图上之山脉。每值兴至，与村中壮男子角力，解衣磅礴，时尚复历历可见。而老人见痂每潸然下泪，谓："此为老夫悲痛之纪念，见之辄怅触于怀。设尔时将士能人人如老夫者，何致丧师辱国为天下笑。然而国魂不死，民心不死，行见将来终有雪耻之一日耳。"以是村中人每生子，老人必登门道贺，并殷殷嘱他日长时，必令从军，执干戈为祖国复仇。村人见其热诚，则亦漫应之。老人所生只一子，年甫十七，即投身入军籍。以能守纪律、精于军事闻，寻即擢为大尉。而老人犹以无多子为憾，设多子者，即可尽为祖国宣力，祖国得益当亦较大。然既无多子，则亦无可奈何，唯竭力以勖其一子，未尝或懈，而爱国真诠，言之尤凿凿，俾使其子深铭于心，力自鞭策。今见祖国竟不甘受敌国屈辱，毅然下宣战之书，民心亦奋发一致对外，老人乃大悦。谓："似此御敌，何敌不克？今而后可以雪甲午之耻矣。"时其子请假宁家，归甫五日，老人即力促之返营，盖风闻其全营将于今夕出发也。子行后，老人尤跃跃乐乃无艺。日将暮，即往码头送全军之行。

既至，则见一绝巨之轮船泊河干，船尾船首俱悬国旗，猎猎然临风招展，似扬吾武；烟突长且巨，状若仰天吐气，谓中华从此强矣。老人举眸四瞩，见码头上人至庞杂，往来如掷梭，而军人尤伙，为数可千余人，顾独弗见其子，意殊不怿，亟排众人，始见之于舱门之次。时方指挥其众，状颇鹿鹿。老人视此戎服灿烂之爱子发号施令，虎虎有生气，于意甚得。去舱门不数武，有巨炮一，硕大乃无朋。老人不觉对之微点其首。念此巨炮发时，敌军必弗支，乞息战议和，割彼国三分之一，赠吾国为殖民地，且倍前所要求于吾之条件以许吾。吾大军遂凯旋而归，其荣誉直为从来历史上所未有，而列强亦相顾咋舌，称吾国为世界第一等国，从此弗敢复犯。……念至是，不觉拊掌而笑，得意至于无极。

老人方冥思间，斗闻呼声破空而起曰："趣上舟！趣上舟！"呼已，军士辈即陆续而入舱门。旋有工兵一队至，从事于巨炮之侧。须臾，忽闻金铁铿锵声，则舟上之蒸气起重器已提此巨炮而起。甲板上之军士尽呼万岁，声震一水。老人亦挥其冠引吭三呼。时去老人弗远，有一少年军人，为状似少尉也者，方与一衣浅绛衣之女郎话别。女郎殆为其妹氏，眼似波而口似樱，意态殊娟好，见此巨炮离地而起，则亦鼓掌跳跃，若至忻悦，作娇声呼曰："是炮何巨！吾前此乃未之见。"少尉微笑答曰："良然。是炮巨乃无伦，构造亦异，为吾国晚近一大制造家所创制，尽彼德意志克虏伯厂中所有都不之及。脱令敌人见之，心胆且俱碎矣。"女郎又娇呼曰："然则其弹安在？如何不见？吾颇欲观之，想如此巨口中必能吞一巨球也。"少尉大笑曰："阿妹殆以为炮弹枪弹都如吾家阿弟所弄之皮球乎？是误矣。弹初不浑圆如球，特作圆锥之形。若此炮中之弹，则更与寻常殊，立之地上，直与妹身埒，权其重量可六七百磅，发之能及七八里。"女郎闻之，目眙而口张，状至错愕，曼声言曰："奇哉！奇哉！是炮朝出，敌人夕歼矣。"少尉点首而笑，似然乃妹之言。

当是时，起重器已提炮至于船尾，辘轳放，炮乃徐徐下入舱底，不复见。而高呼万岁之声一时又四起。老人呼既，又引眸觅其子。旋乃得之于舱门之次，方往来微步，态度绝安闲。少尉举手指其人，顾谓女郎曰："彼悬佩刀徐步舱外，俨然有大将风者，为顾明森大尉，即指挥彼巨炮者。其人实为吾军中之祥麟威凤，军事之学，唯彼为最精。即此枪炮中之构造，渠靡不洞悉，即一螺旋钉，一细钢丝，亦复知其装配之法，如一老练之钟表匠知其钟表之内部，实令人佩畏无已。阿妹更不见彼腰

间所佩之刀乎？是为顾家刀，吾家阿父及祖父尚能历历
道其历史。此刀盖属诸乃父，尝于甲午之役斩敌馘无算
者。今乃父尚存在，老矣，而雄心犹未已，时时以报国
为念。闻彼因甲午之耻，梦中辄跃起，大呼杀敌，故吾
大尉自幼即知爱国，且邃军事学，譬之大树上一旁枝，
同根生，相去远也。"女郎点其蝤首，流波遥睐顾大尉，
微吐其气，言曰："彼貌殊都，宛类妇人女子，顾又奕奕
有英雄气。其人殆即吾国历史上之张子房①欤！"少尉
赧然曰："阿妹譬喻殊确当，特惧而兄无暇与汝论史，今
兹当登舟矣。别矣阿妹，行再相见。"女郎举其纤手，取
云发上所簪一娇红欲燃之玫瑰，授其兄，作巧笑曰："别
矣阿兄，愿汝杀尽敌人，血其刃如玫瑰。否则阿妹且以
弱虫目汝矣。"少尉受花，置之军冠中，毅然言曰："吾
渴欲饮敌人血久矣，此往必大杀一场，以疗吾渴。妹或
弗信，可誓之天！"女郎挥手向舶曰："行矣，谁欲汝
誓，妹信阿兄耳。"少尉即匆匆返舶，飞步入舱门。时顾
明森大尉已登甲板，方凭铁阑而立，俯首四瞩，似视此

---

① 张子房：即秦汉时之张良，字子房。

人丛中有无稔熟之面。双眸炯炯然，适与乃父肫挚之目光值，则微笑，一笑中若含无限孺慕之意。众以为大尉向渠辈笑也，立哗然呼万岁，声同如出一人口。大尉举手行一军礼，遂入舱去。

老人纡徐出人丛，已惫罢甚，而彼少尉与妹氏之语，则往来于脑中，弗能复忘，曰俨然有大将风也；曰军中之祥麟威凤也；曰是为顾家刀也；曰此刀盖属诸乃父，尝于甲午之役斩敌馘无算者也；曰乃父老矣，而雄心犹未已也；曰譬之大树上一旁枝，同根生，相去迩也；曰彼貌殊都，顾又奕奕有英雄气，殆即吾国历史上之张子房也。凡兹数语，老人都于脑中往复默诵，弥觉其甜蜜。自念吾归去，决一一语之老妻及爱媳，渠辈闻之当亦欣慰。舶且以夜半行，吾尚及携渠辈来是，一观吾国之巨舶也。老人念至是，即疾趋而归。归乃益罢，然犹力自支持，既以彼少尉兄妹语，语其妻媳。复摭拾当年战中故实述之，以为余兴。述未竟，已入睡乡。比醒，则日光灿然，已透藤蔓蒙络之疏棂而入，若告以天明久矣。尔所系念之巨舶，已解维远去，此时方容与水上，状如美人螺髻也。

二

崇山峻岭，绵亘弗断，蜿蜒曲折，可百里而遥，为状如一巨蟒，偃卧于大地之上。炮声砰訇，时辄排空而起，震山中作回响。炮声少止，则又隐隐闻来福枪声。声来自远处，一若老僧讽经也者。间又杂以机关枪声，阁阁然如蛙叫。凡此枪声炮声，续续而入中华民国大军中一传令官之耳。此传令官者，方鹄立于一田舍之门外，翘首向山，若有所眴。须臾，斗闻室中有深沉之声起，曰："彼来乎？"传令官举其项际所悬之望远镜，遥望高山及平原间之一深谷，望有顷，始下其镜，回首及肩，扬声答曰："将军，尚未也。"言已，则又翘首而望。时斜阳将下，嫣然作粉霞之色，光烛山背，与黯碧相混合，色乃奇丽。传令官视此娟媚之暮景，几已忘其职守。阅数分钟，身遽微震，遂举其望远镜前瞭，则见平原上有一人跃马疾驰而来，疾如飞矢。谛视其人，则服炮兵大尉之制服，遂回首报曰："将军，顾明森大尉来矣。"

顾明森以奔波久，入田舍时，呼吸乃至迫促。既入，即举手向将军为礼，并礼在座诸参谋。忽闻间壁小室内有细语之声，视之，则见电话传令兵多人，方面墙坐于一长案之次，人各缚传话筒于颔下，系听音筒于耳际，面前皆置一电话机。诸人且语且听，精神专一，目不他瞬。别有一传令兵趷来报往于二室之间，每出，必手一纸，授之参谋长，殆即从电话中速记而下者。参谋长得纸，辄喁喁然与其同事语，似相商榷。时诸人俱围案而立如堵。顾明森乃一无所见，一无所闻。迨天将暮，暝色渐合，即有一下卒入，悬一绝巨之煤油灯于室心枕梁上，光下烛成一光明之圜，映射众面，神采都奕然焕发，似示人谓此趄趄者，金属大中华民国之名将谋士，第小用其勇智，已足以克人国而有余者。

维时将军及参谋长俱立案首，顾明森亦入其列，案上铺一大地图栓以针，小纸旗百余面插其上，以志两军之阵地所在。敌军为黑旗，本国之军则标以国旗，五色纷披，大有云蒸霞蔚之观。观其状若有得色，似操必胜之券。此田舍者，固有电话与战场上吾军之各司令部通。吾军之如何设施、如何进行，都由电话传达。故此大本营之电话室中乃大忙，每一消息至，由速记生记录而下，属传令兵进呈参谋长。于是互相磋商，讨论其臧否。或进或退，则移动地图上之小纸旗，以为标识。将军但须视此地图已能知吾军之进行。而顾明森亦极注意于此，双眸专注其上，略不旁瞬。于时见敌军面南而阵，在前山二十里外，其右翼临一大河，左翼则适当山尽处。图上五色旗与黑旗并行而立，可知两军正在对垒，相持弗下，而东端则有白旗一<u>丛</u>，甚密，谂吾军方并力进攻敌军之左翼，为势至盛。顾明森见之，心乃弥乐。参谋长指旗谓众曰："诸君不见乎？今者敌军之中坚尚与吾相持，其左翼似已有失败之势。今将军意将以全力破之，使片甲不复返，特欲行此策，势必致力于右翼，而分中坚及左翼之劲旅并入右翼，俾厚其兵力。将军拟即于今夕施行。少选，即当颁发详细之命令。唯吾左翼及中坚之诸司令官，仍当继续进攻，以欺敌人，使彼弗知吾军之已更动。迨敌军左翼一破，余即不能支矣，是为将军计划之大概。吾参谋部诸君，其各分发命令于战地诸司令部，遵行无违。"

参谋长言已，诸参谋各散去，而顾明森尚木立不动，似俟将军之下令委以要务者。参谋长仰首见之，即呼曰："顾明森大尉尚未行，良佳，趣来是。"顾明森遂趋至参谋长侧。参谋长俯其首，指地图上架河之大桥，谓之曰："大尉听之，将军命君为是。明日昧爽，立毁此桥。须知此桥关系匪小，势在必毁。盖吾军右翼一胜，敌军必取此桥而逃，或且出不意袭吾左翼，亦殊难必。桥一毁，则其生路绝，吾即足以制其死命。君其以巨炮往，幸为国努力。"顾明森视图，则见此桥适在敌军之后，去本国大军之阵地可五里许。参谋长又指图上一小山言曰："顷据吾国第五师陆少将报告，谓彼处左近但有一处可见桥，即此小山之巅，其地虽匪妥，然吾辈亦不得不一冒是险。唯君其志之，炮当隐于山后，发时庶不致为敌人所见。适者炮兵总司令官有电话至，谓已于山上见得一至安妥之地，怪石突起，或蹲或立，蹲者如狮，立者如人，大可藉为屏蔽，渠当乘君未往以前先为君准备一切也。"

三

天半明月，流波下泻，溶溶然烛山坳。树为月光所笼，筛影于乱石间，枝叶都极分明。树影中有物庞然，黝以黑，如巨魔独立，张其口，仰天噫气，则巨炮也。此巨炮之次，有人蚨坐于地，翘首望月，厥状至闲适。口中且低哦，似骚人雅士入山寻诗料者，则顾明森大尉是。盖顾大尉于十一时许即偕一电话传令兵登山，炮则已于一小时前由辎运兵一大队潜运至是。山上果如参谋所言，都已准备，且装电话与大本营及炮兵司令部通。顾明森上山后，无所事，则唯枯坐以俟破晓。举眸四瞩，但见疏星丽天，犹闪烁如金，月色似霜华，被山巅山腰山趺间，尽成一白。月不及处，则作灰褐之色，隐约中如有鬼影离立，阴森怖人。特大尉有胆，则亦无慑。伫久之，意颇弗耐，翘盼长天，双瞳欲涸。不知经几许时，月始徐落，残星亦渐隐，晓色抉云幕外透，犹熹微。大尉欠伸而起，舒其手足，斗闻其电话传令兵忽失声而呼，举手遥指天末。遂仰视，则见一黑点方微微而动，大仅如萍婆之果，既而幻为深黄色，似傅金然，则已受朝暾映射也。取望远镜视之，审为气球，以高故，先受日。而此山则仍在灰褐色之影中，似人之熟睡未醒。越十分钟许，始见远处一最高峰上，染一抹玫瑰之色，娇艳无伦，徐徐及于山谷，弥望皆绛。须臾，此朝日之光，若变为生物，自此峰跃登彼峰，瞬息间诸峰乃皆被日，一一都发奇彩，而此小山亦在日中，红如浴血。盖大地于是揭幕矣。

顾明森大尉精神乃立奋，亟以炮口向河上之大桥，度其距离，可九千七百码。当是时，陡闻电话机上铃声铿然作，大尉即舍炮取电话筒，问曰："谁欤？"听筒中作声曰："君是否即顾明森大尉？"大尉答曰："然。君为谁？"曰："此间为炮兵总司令部。顷得气球报告，谓敌人之马兵及步兵二大队已在前山之后，将向桥进发。君已以炮口瞄准乎？"大尉曰："已瞄准矣，但俟其来，一鼓歼之耳。"听筒中又曰："兹事殊快人意，据气球报告，彼二大队似系敌国最精之兵，去君处已近，只一里许。君其磨厉以须，勿令若辈一人生还也。"大尉欣然答曰："谨遵命。"铃声又作，二人之语遂止。大尉乐甚，亟手远镜，望桥以待，心跃跃然陡加其速率。

阅数分钟，已见马兵一小队来桥上，旋乃自十数人增至数十人，自数十人增至数百人，观其制服确为彼国之精兵。而大尉犹不发其炮，以为此数尚弗足以禁其一轰。马兵之后，即为步兵，短小精悍似皆善战，续续上桥，为数可五百人。一时桥上马步兵乃有千人，密如丛林。大尉至是遂发炮。炮发，全山为震，顾弹乃弗中桥而落水，水飞溅而起，如壁立。大尉见状，不觉失声而呻，则即瞄准续发其炮。弹虽然出，桥上立大乱，敌人出不意，惧骇。而步兵已死其半，马兵亟跃马向前，残余之步兵则各仓皇返奔。人马纷乱，互相践踏，惊呼之声彻天。大尉悦，复发第三炮，弹适捣其中心爆，红光四射，继则黑烟起幂，桥上如浓雾。烟散。桥已去其一角。落水者綦众。大尉遂又向桥之东部发炮。桥断，马兵死者过半，余皆入水。刹那间，水中已为人马所充塞，流为之断。大尉拊掌向天而笑，意乃得甚。居顷之，大炮已寂然，水上亦寂然。

四

顾明森大尉既占胜利，将军以此小山形势尚不恶，拟即据为阵地，控制敌军。因遣步兵炮兵各一队来守，而委大尉为司令官。

是日凌晨，敌将之派其精练之马兵步兵两大队过桥也，意在厚其左翼之军力，以抗吾军。既闻全数被歼，则大失望，且愤。知炮发自小山，即欲报复。夜中立遣大军抄山后来攻，为势至猛，似必欲夺得山上之巨炮而后已。吾军之步兵悉伏于壕沟中，发枪御敌。炮兵则各争发其机关之炮，歼敌军无算。然终不少退，猛进弗已。生力军且大至，为数已倍，竟围山数匝，徐徐而登。吾军军力薄，乌能四面受敌！而所备弹药亦弗多，力支一时许，已告竭。步兵为状，亦渐不支。顾明森大尉乃大骇，遂知此山不久且下，坠入敌手，然而此巨炮实大有利于吾国全军，何可为敌所得？脱欲舁之下山，在势弗能，唯有力卫是炮，至于最后之时。吾军或有一人尚生，必不弃炮而去，誓以死守。遂以斯意诏其所部之炮兵，诸炮兵金大奋，并力御敌，而敌终弗却，去山巅已近，寻且掷其火药之包，飞集如雨。包发，炮兵死者过半，势益蹙。厥后敌军竟齐上其刺刀于枪尖，如潮决堤，一拥而上。顾大尉为敌枪猛击其颅，仆地而晕。比苏，斗觉面上湿且冷，张眸始知为雨。时方髣髴而下，状如绠縻。虽受雨，头脑尚觉沉瞀，亟起坐极目四瞩，以在洞黑中，乃一亡无见。少选，始见数尺外有黑影庞然而大，隐约中识为巨炮。大尉见炮，遂省前事，心大痛，念平昔生死相共之健儿，都歼于此一场血战之中，宁不可痛？己独延此残喘，偷生人世，弗能与渠辈把臂于地下，而此全军命脉所系之巨炮，又复堕入敌人之手，明日敌人或且利用之以歼吾军。思之能无心痛？念至是，心乃立决。决于破晓以前，使此巨炮成为废物，不能复发。然计将安出？良用踌躇，山上在在皆敌人，雨一止，且为渠辈所见，无可幸免。今兹务必从速着手，斯能集事，少一濡滞，则立败。遂匍匐于地向炮蛇行而进，且进且筹思，念将如何使此巨炮失其效力。但凭赤手，虽一螺钉亦无从拔，何由毁之？如欲挟以俱去，则即具乌获举鼎之力，亦万难措手。若堵石于炮管，事或可成，特费时多，敌军去此才数码，必且发炮。策未决，身已进至炮后，遂悄然起立。视炮，则炮尾之机关门方辟，知敌军之炮手已准备，一俟有警，立发是炮。顾大尉悄立弗动者可一二分钟，筹维此堵炮之策。正焦急间，斗得一策，策之来疾乃如电。念唯有堵之以身，最为便捷，敌人亦不致遽觉。计定，即自炮尾之机关门中探身以入炮管。既入，亟以足勾门使阖。入后不及一分钟，忽闻排枪之声砰砰然，起于山下，左近亦有一小炮訇然发。大尉知山下必为吾军并力来攻，冀夺回此山及山上之巨炮，于是希望之心乃立生。望敌人败北，炮仍入吾手。顾此希望斯须已变为恐惧，惧己匿此炮管之中，一为同伴所见，必且目为无胆之怯奴，加吾以腹诽。男儿死耳，讵能当一怯字！生而蒙辱，毋宁以死为得。念既，即坚握其拳，作微呻。是时两方面鏖战至烈，各不相下，弹丸如跳珠，着巨炮上悉悉作声。须臾，攻者似已甚近，大中华民国万岁之声隐约可闻。大尉乐极，亦欲高呼万岁于炮管之中以和之，声未作，斗闻足声杂遝而至，殆敌人又以援军来，枪声炮声一时乃四起，瞬即寂然，则吾军退矣。

顾大尉恨甚，双拳坚握，指爪几透其掌，身蜷伏炮管中，手足都弗一伸，苦乃万状。炮管固不甚广，若欲挤彼至死。身贴钢亦冷，血管似将凝结为冰。无聊已极，则微仰其首引眸外窥。时天已晓，晨曦尚淡，而山边嵯峨之石已了了可睹。方眺望间，炮声与枪声又历乱而起，厉且近，然不在山上，意两国大军殆交绥于附近。大尉闻声，精神为之一振，逆料发炮已在指顾间，炮一发，吾之痛苦即可了，而吾国大军势在必胜。吾虽弗能亲睹诸同伴凯旋，死后心亦良慰。念时，闻炮后隐隐有人语声，钩铒莫辨，继即觉炮管已动，转向右方。此际大尉但见前有松树一，青翠欲滴，照眼似带笑容。既而闻开炮尾机关门声，实弹声，旋又闻人语声，似发令者。于是炮口徐徐起，松树遽弗见，依稀见远山上有黑影点点连亘弗断，细审其状，知为本国军队。此炮所向，即向军队。敌人似将乘此发炮以报昨晨桥上之仇。炮就未发，大尉忽萌思家之念，念其父，念其母，念其妻，今方目断云天，盼已无恙归去。觉知吾身乃在炮管之中，去死仅一间，身死后，名亦立死，弗能从为国而死之诸英雄后，同列于光荣之题名单上，直类与草木同腐也。惝恍间似见其爱妻倩影，衣蓝色衣，盈盈立门外嫣然作娇笑，力扬白罗之帕于头上，曼声呼大中华民国万岁、顾明森大尉万岁。即此呖呖莺声，今亦荡漾于其耳际；而爱妻之后，则为白发盈颠之老父，危立弗动，作寨容，似告人谓其爱子此去，乃为祖国宣力者；屋之内，为老母，方伏而哭，哭声似亦隐约可闻。大尉至是，心几粉裂，直欲失声而呼，而炮尾人语之声又作，炮口又少高，殆已瞄准。大尉当此生死关头，为国牺牲之志遂决，力以爱国之念，排其思家之念，毅然俟一死，不复作他想。灵魂中似作声曰："为全军之大局故！为大中华民国故！"遂嚼齿力啮其唇，遥视天半玫瑰色之云，莞尔而笑。笑时，已闻炮尾下令发炮之声，则即大呼："大中华民国万岁！"呼声未绝而炮已发。

炮声嗤然，初不作巨响。烟散。敌军中人俱大愕。则见炮发初未及远，但着于数十码外一高树上。树顿着火。时有一炮手颤手指炮口，惊呼曰："趣视，趣视！此炮口中如何有血？"众吪趋视，则果然。血方自炮口涔涔下滴，如小瀑布状，良久，犹未已。将实弹重发炮，而远山上之军队已过。刹那间，陡闻山后有哗呼声，则大中华民国之军队已登山矣。敌军不及抵御，人各苍黄下山弃甲曳兵而走。诘朝，大军亦获大胜，敌军尽没。入晚，遂凯旋。时则小山上巨炮中之血犹未干也。

（原载《礼拜六》第 56 期 1915 年 6 月 26 日出版）

最后之铜元

哎哟哟，看官们啊！我苦极咧，肚子里饿得什么似的，不住地叫着，倒像兵士们上战场放排枪的一般，又仿佛听得那五脏神在那里喊道："酒啊肉啊，快来快来！我欢迎你们！我欢迎你们！"然而那酒咧肉咧，正在趋奉富人的五脏神，给他个不理会。哎哟哟，我这样饿去，可捱不得咧！要是有钱的当儿，肚子饿时自然觉得有趣，可是家里早预备着肥鱼大肉、美酒白饭，给你饱餐一顿。

　　　　　　落花怨

这么一饿，反把食量加大了一半。然而腰包里没了钱，还有什么话说？家既没有，更哪里还有肥鱼大肉、美酒白饭的希望？就瞧这花儿似的世界，也觉得变做了地狱咧。我一边捱着饿，一边沿着街走去，眼中似乎瞧见无数瘦骨如柴的饿鬼，在暗中向我招手。耳中又似乎听得这偌大的上海城，在那里嘲笑我，向我说道："你是穷人，可算不得个人！既没有钱，就合该饿死。不饿死你，饿死谁来？你们这班穷鬼，倘能一个个饿死了，那是再好没有的事。眼见得我这个繁华世界的上海城中，全个儿都是富人咧！"我一行瞧，一行听，一行走，一行捱着饿。有时蹚过人家的门儿，往往有一阵阵的肉香饭香，从那厨房中送将出来，送进我的鼻子，惹得我一肚子的饿火，几乎烧了起来。喉咙里的馋涎，也像黄浦中起了午潮，险些儿涌出口来。没法儿想，只得紧了脚步，飞一般逃了开去。但在街心没精打采地走着，心想此时，倘有一辆摩托卡呜呜呜地冲来，把我冲倒了，倒能免得我呕血镂心，筹划这一顿中饭。况且摩托卡杀人，原是上海近来最出锋头的事。车中人正在眉飞色舞的当儿，不知道那四个挺大的轮儿下边，早已血飞肉舞咧。为了这一件事，简直是怨声载道。但我今天却很要给他们做个人饼玩玩，呜的一声，事儿便完了。叵耐我心中虽是这么想，偏又不能如愿。就那摩托卡，也好似比平日少了许多。有的见了我，便刷地避了开去，竟像平白地生了眼儿的一般。我没奈何，只得撑着了空肚子，向一条冷街上踱去。脑儿里生了许多幻想，逐一在眼前搬演，一面又似乎听得许多声音，从远处送来。这声音不像是人声，倒像从地狱里送过来似的。又不像是嘲笑我的声音，比了嘲笑更觉可怕，听去分明是什么魔鬼在那里向我说道："你肚子饿么？为什么不做了贼偷去？你没有钱么？为什么不做了强盗抢去？"唉，可怕可怕！这声音好不可怕！我原是好好儿的出身，我老子娘也都是很清白的人，怎能去做强盗？怎能去做贼？然而袋儿里没有钱，也是无可奈何的事。可是钱儿万能，在世上占着最大的势力。一个人有了钱儿，什么都能买到，能买美人的芳心，能买英雄的头颅。朋友间有了钱，交谊才越见得深；夫妇间有了钱，爱情才越见得浓。人家为了它，牺牲一辈子的名誉，抛弃一辈子的信义，都一百二十个情愿。可是钱儿到手，世界就是他的咧。只你要是没有钱，那就苦了。仿佛坐着一叶孤舟，在大洋里飘着，没有舵，没有桨，单剩一个光身体，听那上帝的处置。所以一个人没有钱，便是没有性命；与其没有钱，宁可没有性命。你倘生着，就须受那种种的痛苦。唉，钱儿啊！钱儿啊！你到底是个什么怪物？你为什么这样坑人？我正在这里胡思乱想，肚子里益发饿了。这种苦况，着实使人难受，觉得里头有几十把几百把的刀儿，没命地乱戳。一时间知觉也模糊了，街上的人渐渐儿瞧不见了，那些车马奔腾的声音，听去也不清楚了。蓦地里却又起了一种奇怪的感觉，觉得我这身儿飘飘荡荡，不知道飘到什么所在。有趣呀有趣，我竟在人家屋檐下边睡熟了！

看官们啊，要知这睡觉实是我们穷人无上的幸福。一纳头睡熟了，就好似个半死，饿也不觉得，冷也不觉得，不论什么痛苦，一概都不觉得。加着我们到处睡觉，也非常舒服，幕天席地，处处都是铜床铁床。临睡的当儿，又一些儿不用担心，可是我们身无长物，单有这一条裤儿一根绳，剪绺先生们见了也只掉头而去。不比富人睡时，先要当心那枕儿底下的钱袋，既怕小贼掘壁洞，又怕强盗打门，半夜三更还时时从睡梦中惊醒，把一身的汗儿都急了出来。但是我们睡时，却从没这种苦况。不但如此，还能做许多花团锦簇的好梦。日中捱饿捱冻，叫苦连天；到了梦中，往往变做公子哥儿，穿的绸，吃的油，坐着簇簇新新的摩托卡，拥着妖妖娆娆的活天仙，直把人世间享受不尽的幸福，都给我们在梦中享尽。因此上我们最喜欢最得意的，便是这睡觉。到了无可奈何时，就把睡觉捱将过去。看官们不见城隍庙中天天在大阶石上打盹的乞食儿，不是很多的么？他们也正和我抱着一样的心理，简直好算得是我的同志呢。

闲话休絮，且说我一觉醒来，已是四五点钟光景。追想梦中的情景，很觉津津有味。然而这一醒，就立刻好似从天堂中掉入地狱，肚子里一阵子呜呜的乱响，那五脏神早又翻天覆地造反起来。摩挲着眼儿，向四下里望时，见是火车站近边，有许多男女提筐携篮地向着火车站赶去，多分是趁夜班火车去的。我打了个呵欠，站将起来。正要洒开脚步走去，蓦地里瞧见一位五六十岁的老先生一路赶来，气嘘嘘地不住地喘着。两手中既提着两个挺大的皮夹，臂儿下边又挟着一个包裹儿，满头满面都迸了一粒粒的汗珠。瞧他那种样儿，已很乏力。这当儿我福至心灵，猛觉得我的夜饭送来了。连忙赶上一步，掬着个笑脸说道："老先生，你可是往火车站去么？带着这许多东西，很不方便，可要小可助你一下子？"那老先生在一副金丝边的老花眼镜中白愣着两眼，向我打量了半晌，见我衣服还没有稀烂，面相也有几分诚实，就点了点头儿，把那两个皮夹授给我，一边掬出块手帕子来，没命地抹那一头一面的汗珠。我替他提着那皮夹，在他旁边慢慢儿踱着，还向他凑趣道："老先生可是往杭州去的？只是出门人路上总有许多不便，老先生年纪大了，为什么不唤公子们作伴？况且近来坏人很多，使人家防不胜防。抢的抢，偷的偷，骗的骗，那是常有的事。老先生一路去，还该当心些儿些。"我这几句话儿，说得好不铿锵动听！那老先生听了连连点头，又从那脸儿上重重叠叠的皱纹中，透出一丝笑容来。我瞧了，心中也暗暗得意，料想我这十几句话儿，决不是白说的，每句话总能换他一口饭吃呢。不多一会，已到了火车站上。我瞧那老先生买了票，就把这两个皮夹恭恭敬敬地交给他。一霎时间，心儿别别别地乱跳，想他不知道要给我多少钱，一角呢？两角呢？或者格外慷慨，竟给我一块大洋！总之我这一顿夜饭，总逃不走的了。正估量着，猛见他伸手到一个搭膊巾中去，不住地摸索着。这时我的心儿，益发乱跳起来。跳到末后，见那支手已从搭膊巾中慢慢儿地出来，在一个食指和中指中间夹着一个银光照眼的溜圆的银四开，纳在我手中。

我谢了一声，回身就走。白瞪着眼儿，向这银四开瞧了几下，想我为了这捞什子，吃尽了苦楚，此刻在我手中过一过关，停会儿又须送它走路呢。一边又安慰那五脏神道："老先生请你安静些罢，粮饷已经到手，一会儿就送进来咧。"这时我瞧着这一个银四开，不知道怎么猛觉得兴高采烈起来，倒像掘到了什么二百万、二千万的宝藏一般。一路出了车站，一路在那里盘算，心想我该怎样发付这一个四开。劈头第一件要事，自然去饱餐一顿。这一餐之费，倒也不能菲薄，不化它一个银八开不办的。还有那一半儿，须得留着到了晚上，弄它个床铺睡睡。一连睡了好几夜的阶石，背儿上究竟有些酸痛呢。打定主意，得意洋洋地一路走去，以前的一切幻想，一古脑儿都没有了。走了一程，便走过一家小饭店。那一阵阵的饭香，早已斩关夺门而出，过来欢迎我。我便在门前住了脚，向那烟熏火灼、半黄半白的玻璃窗中，张了一眼。只见一条条的鱼，一块块的肉，都连价挂起着，真是个洋洋大观咧。接着又挨近了门，抬眼向门中瞧去。只见两三个厨子，正在灶前煮着菜，沸声、碗碟声和呼喊声并在一起，闹个不了。这种声音，都能使街上花子听了心碎的。瞧那厨子们和几个跑堂的，都是胖胖儿的人，似乎一天到晚被油气熏着，所以透入皮肤变做胖人咧。我瞧着他们，甚是艳羡，想他们背着主人也一定能够尝尝各种鲜味，何等地有趣！一边想着，一边不知不觉地跨进门去，竟大摇大摆地在一只桌子旁边坐了下来，倒像袋儿怀着二十块钱，要尽兴饱餐它一顿的一般。

　　坐定，早有一个跑堂的赶将过来，带着笑问客官要用些什么东西。我把他袖儿轻轻一扯，低声说我身边单有两角钱，尽着一角钱吃饭，菜咧、饭咧、小账咧，一概都在里头；还有一角钱，夜中须得找宿头呢。那跑堂的斜乜着眼儿，向我上下打量了一下子，便皮笑肉不笑地笑了一笑，扮着鬼脸趔将开去，接着怪叫了一声，自去招呼旁的客人了。我一屁股坐在那条板凳上边，十分得意，取了一双毛竹筷儿，擂鼓似的轻敲着那桌子，嘴儿里还低唱着一出《打鼓骂曹》。自己觉得这种乐趣，落魄以来，实是破题儿第一回呢。唱罢了戏，更抬眼望时，只见这饭店中生意着实不坏。五六只桌子上，都已坐满了人，说笑的说笑，豁拳的豁拳，笑语声中夹着"五魁八马"之声，又隐约带着杯匙碗碟磕碰的声音，叮叮当当地响个不休。瞧那些人，没一个不兴高百倍。我暗想这所在，大概好算是天堂咧！这样东张西望，过了约莫十分钟，那五脏神似乎等得不耐烦了，早又闹了起来。我便向着那跑堂的喊了一声，说我的饭菜已煮好了没有？那跑堂的扬着脖子，大声大气地答道："不用催得，好了自会端上来的。对不起，请等一会罢。"我暗想这一个跑堂的好大架子，对着客官竟敢怎样放肆，然而口中也不说什么，只得撑着空肚子老等着。可是仗着袋儿里一个银四开，到底不够我发什么脾气呢！

接着又等了五分钟光景，才见那跑堂的高高地端着两只青花碗儿，趔将过来。我忙把眼儿迎将上去，但见热气蓬勃，一路腾着，倒把那跑堂的一张冰冷的脸儿，也掩盖住了。等到那两只碗儿放在桌子上时，我的两个眼儿也就箭一般射在碗中。只见一碗是又香又白的白米饭，一碗是半青半红的咸菜肉丝汤，青的是咸菜，红的是肉丝，瞧去好不美丽！我打量了半晌，暗暗快乐，心想我也像孔夫子三月不知肉味，今天却能一尝这肉味咧！当下笑吟吟地提起筷来，先向五脏神打了个招呼，便把嘴儿凑在那饭碗边上一口口地吃着那饭，又细细地尝那咸菜肉丝。呀！有趣有趣，饭儿既香，菜儿又鲜，觉得我出了娘胎以后，从没吃过这么一顿可口的夜饭，多分是天上仙人和人间皇帝所用的玉食呢！就这饭咧菜咧，也像有什么仙术似的。刚吃得一半儿下去身上顿时热了，精神也顿时提起来了。吃完了一碗饭，又添了一碗，一边又呷着那汤，慢慢儿地咽将下去，直好似喝了琼浆玉液，腾云登仙的一般。不多一会，第二碗的饭早又完了。很想再添它一碗，只为给那一角钱限制着，不敢放胆再添。但把那余下的一些儿汤，喝了个精光。当下又见那跑堂的高视阔步地过来，把一块半白半黑的手巾捺在我手中。我也不管三七二十一，抹了嘴脸，自管走到门口一只账台前边，郑郑重重从袋儿深处，掏出那精圆雪亮的银四开来，在手掌中顿了一顿，大有惜别之意。接着听得那跑堂的又怪叫了一声，我也就割爱忍痛地把这银四开放在台上。那账台里高坐着一位账房先生，道貌甚是庄严。那时把鼻梁上一副半黄半黑的铜边眼镜向上一推，直推到额角上边，取起我的银四开来，在台上掷了几下，一面带着宁波口气，说一共是一角小洋。说着从一个抽斗里拈出一个银八开来找给我。我想这捞什子小小的，放在身边不大放心，没的在路上掉了。还是换了铜元，倒重顿顿的，十二个铜元合在一起，直有一块大洋那么重呢。于是开口说道："请你老人家找铜元给我罢。"那账房先生似乎已厌我麻烦了，向我瞅了一眼，才取出一把铜元来，数了十二个给我。我又郑郑重重地在袋儿里藏好了，踱出饭店。

一路上意气飞扬，好似已换了个人。刚才牙痒痒地恨世界恨上海，如今却什么都不恨了，心儿里又生了无限的希望，仿佛前途无量，都张着锦绣。就我此刻，也似乎登基做了皇帝咧！我沿街走去，脚步也轻快了许多，嘴儿里又呜呜地低哦着。唱了一出《鱼藏剑》，接连却想起了伍子胥吴市吹箫的故事。我自己做了伍子胥，勉强把那饭店里跑堂的派了个浣纱女的角色。这当儿我肚子里既饱，心儿里又何等的快乐，口中不住地唱着，好像变做了个嬉春的黄莺儿，且还觉得我四面似乎都在那里，和着我高唱呢。呀，有趣呀有趣！这世界究竟是个极乐世界，这上海也究竟是个好地方。世上的人，也究竟有几个好人。那位给我这银四开的老先生，就是第一个好人。如今我肚子里不但装饱了，夜中还能在床上睡觉，做一个甜甜蜜蜜的好梦。此时我一路兴兴头头地踱去，仿佛已在梦中咧。

我正这样踱着，抱着无限的乐观。想我今天，简直已到了山穷水尽的路上，谁知道半天里飞来这一个银四开？照这样瞧来，我的恶运分明已转关了！明天一定福星高照，有什么好运来呢。一边这样想，一边急忙替我将来的公馆花园，在心中都打好了图样。又想出门时，总得弄一辆摩托卡坐坐。可是坐马车，已不见得时髦阔绰咧！但是一个人这样享福，也不免有些寂寞，至少总得娶它两个老婆。那窑子里的姑娘们，很有几个漂亮的人物。我前几天在一个什么坊里踱着，肚子里空空的，想弄些儿饭吃。不道这一个坊里，好几十家人家挨门挨户的，都是些窑子。我撞来撞去，却撞不到什么，只捱了她们几声"杀千刀"。但那声音，都是清脆温软的苏州白，听了使人肉儿麻麻的，连心儿也有些痒咧！然而我这吃饭的计划，虽然失败，却瞧见了好几个花朵儿似的姑娘，都很中我的意儿。说也奇怪，我瞧了她们一张张的鹅蛋脸儿，连肚子饿也不觉得了。因此上我每逢饿时，往往到这种坊里去盘桓一会。只消饱餐了秀色，饭也不想吃咧。将来我发迹时，便须到这坊里，挨门挨户地大嫖一场。说我便是当时在你们门前张望，给你们骂"杀千刀"的花子，此刻不怕你们不换个称呼，亲亲热热地唤我几声"大少爷"呢！这种事儿，好不爽快！好不有趣！临了就拣他两个脸儿最俊的娶回家去，成日价给我赏览，给我作乐，左抱右拥，谁也不能禁止我。如此世界上的艳福，可不是被我一人占尽了么！我这样想着，身儿飘飘的，直好似离了人间，在那九天上青云里头打着筋斗，心儿里乐得什么似的，险些儿放声大笑起来。

正在这想入非非的当儿，猛觉得有人在我肩上一拍。这一拍顿时把我的空中楼阁拍做了粉碎，一时如梦初醒，不觉呆了一呆。心想谁来拍我的肩儿，不要是印度巡捕见我犯了什么警章，预备捉我到巡捕房里去么。当下便怀着鬼胎，战战兢兢地回过头来。抬眼瞧时，却和一个又黄又瘦鬼一般的脸儿打了个照面。原来并不是什么印度巡捕，却是今天早上一块儿在城隍庙里大阶石上打盹的朋友。早上分了手，不想此刻却在这里蓦地相逢。我见了个朋友，自然欢喜；只为他毁了我那座惨淡经营的空中楼阁，未免有些恨恨。于是开口叱道："天杀的！我道是谁来，原来是你这鬼。那一拍又算是个什么意思，我的魂儿也险些给你拍落呢！"我那朋友眼瞧着我的脸儿，很羡慕似的说道："今天你交了什么好运啊？脸儿红红的，好像敷了胭脂，额角上也亮晶晶的，似乎放着光呢。"我道："你怎样？今天运气可好？"然而我这话儿委实不用问得，因为他那个又黄又瘦的脸儿，就是个运气不好的招牌。我那朋友摇了摇头，黄牛叫似的长叹了一声，一会才道："我今天糟极了，还用问么？踏遍了城厢内外，只讨到了十三个小铜钱。肚子里整日价没有装些儿东西，如何过去？刚才上粥店去，那天杀的店家偏又嫌钱儿小，不肯通融。我低声下气地哀求他时，他却扬着脖子给我个不理会咧。唉，这是哪里说起！这是哪里说起！"说时更哭丧着脸儿，不住地长吁短叹。

　　这当儿我瞧着那朋友，又记起了袋儿里十二个黄澄澄重顿顿的铜元，一时间便动了恻隐之心。想我今夜不管它有宿头没宿头，此刻须要做一个大慈善家咧！于是举起手来，在那朋友肩上猛搥了一下，含笑说道："好友，我们俩交情虽然还浅，然而兄弟向来是个乐善好施的人。如今瞧你这样捱饿，很觉得可怜儿的，快些儿跟我去吃罢。"我那朋友听了我这话，很诧异似的抬起头来，说道："怎么说？今天你可是发了横财么？"我一声儿不响，自管在前边走去，那朋友也就跟将上来。我一边走，一边仿佛听得那十二个铜元，兀在里头叮叮当当地响着，好似奏着音乐，歌颂我大慈善家的功德一般。走了十多步路，我一眼望见近边有一家面店，便想请他吃一碗大肉面，倒也合算。记得前三年曾吃过一碗肉面，连小账一共六个铜元。现在我身边既有十二个，做了这慈善事业，还剩一半，岂不很好？当下拉着我那朋友，一同走到那面店门前，大踏步闯将进去。那些跑堂的见我们身上不大光鲜，大有白眼相看之意。我倒有些不服气起来，自管在一只桌子旁边大摇大摆地坐了下来。唤我那朋友也坐了，就把袋儿翻个身，掏出那十二个铜元，重重地放在桌子上，故意要使这铜元的声音，送到那跑堂们的耳中，好教他们知道我身上虽然不光鲜，袋儿里却并不是空的，要知我们实是落拓不羁的名士呢。接着我又提着嗓子，喊了一声："弄一碗大肉面来！"眼瞧着旁边十二个铜元，竟张大了无限的声威。自己觉得高坐在这桌子旁边，很像是个面团团的富家翁呢。但是瞧那朋友时，却和我大不相同。蜷蜷缩缩地坐在一边，自带着一种寒乞之相，两个眼儿，却兀在我十二个铜元上兜着圈子。可见我们立地做人，这钱儿是万万少不得的。一有了钱，处处都占上风；就是你走到街上，狗儿见了也摇尾欢迎咧。但是我那朋友向我十二个铜元上呆瞧了好一会，就把头儿挨近了我低声说道："你今天可是当真发了横财？怎么有这许多钱儿，就你这一派架子，也活像变了个公子哥儿咧。只不知道你这些钱儿，是真的还是假的，请你给我一个瞧瞧，我简直和它久违了。"我笑了一笑，就取了一个给他。他翻来覆去地瞧了好久，又抢着指儿弹了几下，一边喃喃地说道："这声音怪好听啊！怪好听啊！"我只瞧着他微微地笑。他又玩弄了好一会，方才依依不舍似的还了我。这时那一碗面已端上来了。我那朋友早就瞪着两眼，一路迎它到桌上，接着就刷地举起筷来，急忙半吞半嚼地吃着。霎时间那碗咧、筷咧、牙齿咧、喉咙咧，仿佛奏着八音琴似的，一起响了起来。我在旁瞧着，见他吃得十分有味。那葱香面香肉香，又不住地送进我鼻子，引得我喉咙里痒痒的，一连咽了好几回馋涎。很想向他分些儿吃，只又开不得口。没法儿想，便掩着鼻子背过脸儿，去向那当中一幅半黄半黑的关帝像瞧着，想借那周仓手中一把青龙偃月刀，杀死那一条条的馋虫。叵耐我眼儿一斜，偏又射在下边长台上一面半明半暗的镜儿中，瞧见我那朋友捧着碗儿吃得益发高兴，几乎把个头儿也送到了碗里去。到此我再也忍不住了，便想鼓着勇气向他说情，和他做个哈夫，分而食之。谁知我口儿没开，他的碗中早已空了。别说面儿不剩一条，连那汤儿也不留一滴。瞧他却还捧着碗儿，兀是不放。当下我便恨恨地立了起来，开口说道："算了罢，别把这碗儿也吞了下去呢。"我那朋友不知就里，向我瞧了一眼，忙把那碗儿放下了。抹过了脸，我便替他付了钱，一块儿出来。十二个铜元到此已去了一半，只想起了慈善事业四字，倒也并不疼惜。走了一程，我鼻子里既不闻了面香，心中的怒气也就平了。暗想我刚才已饱餐了白米饭和咸菜肉丝汤，肚子里也装不进许多东西，没的为了几条面和朋友斗气呢。于是又高兴起来，和那朋友一路讲着我今天的得意史。一行走，一行讲，把唾沫讲了个精干，猛觉得口渴起来。事有凑巧，恰见前面有一家小茶馆，一个血红的"茶"字，直逼我的眼帘。我向手中六个铜元瞧了一眼，立时得了个计较：想这六个铜元，不够寻什么宿头了；索性泡一碗茶去，和朋友喝着谈天，岂不很好？当下里就拉着我那朋友，三脚两步地赶去，在近门一个矮桌子旁边相对坐下。不一会就泡上一碗茶来，我们各自把小碗分了喝着，接着又高谈阔论起来。我撑起了两条腿儿，颤巍巍地坐着，好不舒服！好不得意！谈了半晌，觉得单喝着茶还有些寂寞，抬头恰见对门有一家小杂货店，吃的用的什么都有。我知道这茶每碗但须两个铜元，还多四个铜元，总得设法化去才是。就站起身来，匆匆赶将过去，很慷慨地化了两个铜元买了两包西瓜子，又加上一个买了两枝纸烟，一旋身回到茶馆里，于是我们俩嗑着瓜子，吸着纸烟，乐得无可无不可的，似乎入了大梦的一般。我那朋友从没享过这种奇福，更得意得什么似的，直要跳到桌子上唱起《莲花落》，跳起《天魔舞》来。好几回拉住我的臂儿，沉着声问道："我们可是在梦中么？请你重重地拧我一下，我倘觉得痛时，就知道不在梦中咧。"我笑着答道："自然不在梦中。你生着这一副叫化骨头，总脱不了小家气象。我一向原享惯福的，倒没有什么大惊小怪呢。"等到出茶馆时，我身边还有一个铜元。我那朋友一叠连声地道着谢，就兴兴头头地去了。临行把个纸烟尾儿嵌在耳朵上，说要带回去做个纪念品，将来发财时，决不忘我今天这一面一茶之恩呢。

那朋友去后，我便信步踱去，想这最后的铜元该怎样化去。无意中却又踱到了火车站上，瞧见许多卖报的人，在那里嚷着"一个铜元、一个铜元"。我慢慢儿踱将上去，想这新闻纸上，不知道有什么好玩的新闻？仗着我识得几个字，倒能瞧它一瞧。横竖今夜不能找什么宿头了，何不把这最后的铜元买了它一张，在街灯下边细细瞧去，借此消磨长夜，倒还值得呢。想到这里，听得前边一个孩子也执着几张新闻纸，在那里嚷着"一个铜元、一个铜元"，那时我身边有一个铜元听了这呼声，似乎勃勃欲动的一般。当下我便挨近了那孩子，瞧着他手中的新闻纸，一边取了那铜元出来，在手心里顿着：想这最后的铜元，倒很有重量；此刻轻描淡写地化去了，岂不可惜？万一有急难时，就是没命地唤它，可也唤不回来。买这一张捞什子的新闻纸，有什么用？不比得墙壁上贴着的大戏单，夜中倒能当做鸭绒被盖着睡觉呢。我想到了这一层，便把这铜元郑郑重重地收入袋中去。谁知一个不小心，却镗地掉在地上。那孩子是个猴子般矫捷不过的，立刻弯下腰去拾将起来，接着说道："先生你可是要买回一张新闻纸么？不错，一个铜元够了。"说着，竟取了一张新闻纸纳在我手中。我很要夺回那铜元，还他的新闻纸。只想这孩子破口就称我先生，那是我以前从没听得过的，不论怎样，只得算了，就买他这一声先生，似乎也合算呢。瞧那孩子时，却还瞧着我那铜元，倒像验它是不是私版似的。那时我便把眼儿向这最后的铜元道了别，大有黯然销魂之慨。接着微喟了一声，挟着那新闻纸，走将开去。走了四五十步路，恰见路旁有一盏很亮的电灯，我就立住了脚，展开来瞧着。瞧了一会，不见什么好玩的新闻，有的字不大认识，也跳过了。瞧到末后，便又翻身瞧那广告。眼儿最先着处，却着在一角一个小小儿的方块上。看官们要知道一个小方块，便是我今夜的宿头了。我仔细瞧去，却是一个招雇下人的广告。说要雇一个打杂差的，年纪须在二十五岁左右，身体须强健，性格须诚实，略须识字，每月工资六元；倘有愿就这位置的，赶快前来，下边便登着那公馆的地址。我看了两遍，心想这一家倒很别致，平常人家雇下人总上荐头店去，他们却在新闻纸上登起广告来，怪不得那新闻纸的广告生意分外地好。就是人家拆姘头撵儿子，也须登一个断绝关系的广告呢。只这广告的作用，自也不恶。有的藉着它做个法螺，大吹特吹地吹去，往往乳臭未干，识了几个字，便充着文学大家大登广告，居然老着面皮开学堂做起先生来了。这当儿我瞧着那广告，脑儿里欻地起了一念：想我的一身和那上边恰恰相合，今夜正没宿头，何不赶去试它一试？别管它以后久长不久长，今夜总能舒舒服服地过它一夜咧。主意打定，立时依着那广告上的地址赶去。

一刻钟后，我早在那公馆里头的书房中，见那穿着洋装的少年主人咧。那少年主人向我打量了一会，又问我识字不识字。我一叠连声回说"识的识的"，当下就把新闻纸上那个广告，朗朗读了起来。那少年主人似乎笑了一笑，便说："今夜就留在这里，试了三天再说。"我即忙答应着退将出来，到厨房中休息着，等候使唤。一边把那新闻纸折叠好了，很郑重地纳入袋中；一边暗暗感激那最后的铜元，亏得仗着它我才有这三天的食宿。就是第四天上不继续下去，在我也很合算。请问踏遍了上海，可能找到这样便宜的旅馆么？以后倘能久长，自然更好了。前途飞黄腾达，也就全仗那最后的铜元呢！我这样想着，放眼望那外边，只见星光在天，月光在地，仿佛都含着笑容，在那里向我道贺的一般。咦，看官们，对不起，我主人已在里头唤我咧。再会，再会！

（原载《小说画报》第 3 号 1917 年 3 月出版）

血

　　升降机的基础，已打好了。铺上了水泥，水泥上染着一大抹血，一大抹鲜红的血，是一个十四岁小铁匠的血。

　　阴惨惨的天气，已下了三日夜的雨了。风横雨斜，滴滴落个不住，仿佛是造物主在那里落泪。可怜那门内的血，还没福受太阳的照临，衬托着门外的雨丝风片，更觉得凄凉悲惨。

　　南京路某号屋中，有四层的高楼，单有盘梯，没有升降机。一年上屋主因为加了住户的租金，不得不讨好一些，就在盘梯的中央造起升降机来。一个月前，便来了一班铁匠，把那盘梯改造。截短的截短，补长的补长，要腾出当中一个恰好的地位，容纳那升降机。一连做了一个多月，还没有完工。

四层的楼上都把绳子和狭狭的木板拦住，代替着栏杆。下面升降机的基础，却已打好，铺上了水泥，甚是结实。四条铁柱，也竖起来了。屋中上下的人，都暗暗欢喜，想一二月后就有升降机坐了，上楼下楼不必再劳动自己的脚，省些子脚力上游戏场兜圈子去。

那班铁匠的里头，有一个小铁匠，今年十四岁，名儿叫作和尚，他已没有父亲了，家中单有母亲。他是个独生子，并没兄弟姊妹。只为穷苦得很，他母亲不能养他，才投到铁匠作里去，充一个学徒。除了做工以外，还得做许多零星的事务，整日价忙着，没有一刻休息。到得身体疲倦极了，手脚都酸得像要断下来，方才在着地的破被褥中安睡。天色刚亮，就被他师父娘唤起来，依旧牛马般忙着做工，动不动还得捱打捱骂，只索咽下眼泪去。他每天吃的是青菜萝卜黄米饭，难得和鱼肉见面。但他还很快乐，还很满意，出来做工时，常常对着人笑，嘴里低低唱着歌。他见了那穿绸着缎的富家孩子，也并不眼红。

这天正是阴雨天气，并且冷得紧。他穿着一件薄薄的黑布棉袄，大清早就到那南京路某号屋中来做工。四层的楼梯上，因为常有人上下走动，沾着湿湿的泥，大大小小的脚印，不知有多少。每一个脚印，似乎表示一种生活中的劳苦。他到了第三层楼上，就取出家伙开始做工。为了天气冷，觉得手脚有些不灵，只还勉强做去。耳中听得门外车马奔腾之声，好不热闹，一时把他的心勾引去了，只是痴痴地想：想自己此刻十四岁，做着学徒，忙了一个月拿不到钱，不知道再过十年又怎么样？自己年纪大了，本领高了，可就能升做伙计，每月有四五块钱的工钱。带回家去交给母亲，母亲一定欢喜，或者给我一块钱做零用。如此每天肚子饿时，不必捱饿，好去买大饼和肉包子吃了。若是再做一二十年，那时我三四十岁，仗着平日间精勤能干，挣下多少钱来，或者已开了铁厂。如此我手头有钱，自己不必再做工，吃的总是肥鱼大肉，比青菜萝卜可口多了；穿的总也绸缎，或是洋装，好不显焕！到那时我母亲可也不致再捱苦，从此好享福了。每逢

落花怨

礼拜日，我便伴着母亲，出去玩耍，坐马车，看戏，吃大菜，使她老人家快乐快乐，也不枉她辛辛苦苦养大我起来……和尚想得得意，竟把做工也忘。眼望着空洞之中，只是微微地笑。可怜这笑的寿命很短，冷不防脚下一滑，就从那拦着的绳子下面跌了下去，扑地跌在那最下一层水泥铺的基地上，脸伏着地一动都不动。

老司务在门口抽着旱烟，没有瞧见，也没有觉得。一会有一个邮差送信来，一眼望见楼梯下当中的水泥地上伏着一个人，便嚷将起来。老司务赶到里边，唤"和尚"，和尚略略一动，却已做声不得。把他抱起来时，地上已留着圆桌面似大的一大抹血。那时门外有汽车掠过，车中有狐裘貂帽的孩子，同着他母亲上亲戚家吃喜酒去。唉，他也是人家的儿子！

五分钟后，和尚在近边的医院中死了。两颗泪珠儿留在眼眶子里，似乎还舍不得离这快乐的世界。唉，以后升降机造成时，大家坐着上下，须记着这下边水泥上染着一大抹血，一大抹鲜红的血，是一个十四岁小铁匠的血！

（原载《礼拜六》第 102 期 1921 年 3 月 26 日出版）

十年守寡

那阴气沉沉的客厅里挂着白布的灵帏，也像那死人的脸色一样惨白。帏中放出一派幽咽低抑的哭声来道："唉，天哪！你怎么如此忍心，生生地把我们鸳鸯拆散。算我们结婚以来，不过三个年头，难道就招了你的忌么？如今我丈夫死后，叫我怎么样？你倘是有些儿慈悲心的，快把我也带了去罢！"说到这里，一阵子抽咽，几乎回不过气来。接着又哭道："唉，我的亲丈夫啊！你怎地抛下我们去了？你上有父母，下有我和曼儿，都是掏了心儿肝儿爱你的，你平日间也说爱我的，就不该撒了我去。以后的日子正长，叫我和曼儿怎样过去！亲丈夫啊！我的心已为你碎了，求你带着我同去罢！"说完大哭一声，陡地晕了过去。当下起了好多呼唤的声音，有唤姊姊的，唤妹妹的，一阵子忙乱。过了好一会，方始哭醒回来。这时庭中风扫落叶，似乎做着呜咽之声，伴着那箔灰衣灰一块儿打旋子。梁上燕子听得哭声，一时没了主意，只是呆坐着不敢呢喃。

王君荣出殡的那天，他夫人身穿麻衣，头套麻兜，颤巍巍一路哭送出门。那麻兜是把极粗极稀的麻做的，梭子式的洞眼里露出那娇面的玉肌，只是哭狠了，已泛做了红色，再也不像是羊脂白玉一般。然而旁人瞧了都知道她是一个二十岁的青年寡妇，禁不住叹了口气道："可怜可怜，怎么年纪轻轻就做了寡妇！"大家听了她的哭声，也没一个不心酸的。独有那三岁的女儿阿曼坐在一个女下人的身上，随在柩后，还不知道是怎么一回事。口中衔着小拳头，两个小眼睛骨碌碌地向四下里转。小孩子是穿红着绿惯的，穿了麻衣，着了麻鞋，就分外觉得可惨咧。

王君荣今年不过二十八岁，是个矿工程师。他从北京工业大学矿务专科毕业以后，就受了一家矿公司的聘，做正工程师，他平时很肯用功，成绩自然很好，每天除了正课以外，还买了好多西洋的矿务图书，用心研究，所以他毕业时，就高高地居了第一名。连那德国教授工科博士施德先生也着实赞叹，说他的造诣，正不止大学中一个工科学士，赏他一个博士学位，也不为过咧！他既做了那矿公司的工程师，每月有六百块钱薪水，谁也不说他是中国工业界中一个有希望的青年？这年上他就结了婚，他夫人桑女士也是一个才貌双全的女子。结婚三年，夫妇间的爱情比了火还热，真实做了小说书中美满鸳鸯四个字。第二年生了个女儿，出落得玉雪可念，面目如画，取名叫作阿曼。红闺笑语声中便又多了一种小儿啼笑之声，分外热闹，却不道他们的幸福单有这三年的寿命。这一年四月中，君荣在湖北开采一个铁矿，用炸药时偶不经心，就把他炸伤了要害，医治无效，竟送了性命。一时新闻纸中都有极恳切的悼词。他的亲戚朋友和一般不认识他的人，都掉头太息，说这么一个有为的英俊少年，正挑着一副振兴中国工业的重担，前程万里，可没有限量。哪知轰然一声，竟把他轰去了。中国的工业还有希望么？王君荣遗骸送到上海故乡，王夫人自然哭得死去活来。他父母也分外伤心，仗着家中有钱，矿公司中也送了一笔很厚的抚恤金，把他从丰殡殓了。湖北方面的同事们，就把那铁矿所在的村庄改了个名，叫作王君荣村，作为永久的纪念。

王夫人自从她丈夫死后，悲伤得什么似的。她十七岁出阁，到今年二十岁，不过三年，原想天长地久，永永厮守在一起。加着得了这么一个好夫婿，芳心中自然也得意万分。哪知平地一声雷，把她的丈夫夺去了。三年中生了个女儿，又没生儿子。女儿终是要嫁人的，身后没有嗣续，岂不可叹。自分此身，自然要一辈子埋在泪花中，给他守寡，也不枉他三年来的相爱。只是以后的悠悠岁月，待怎么消磨过去啊？她本想一死殉节，然而不知怎的，却舍不得那三岁的女儿阿曼。她屡次把金约指纳在樱口中，只一想起女儿，就哇地吐了出来，慢慢地把死志打消了。可怜这一个二十岁的青年寡妇，天天过着断肠日子，真个对花洒泪，见月伤心。这一个偌大的缺陷，再也不能弥补的咧。她本来是喜欢玩的，从此却死心塌地，戏也不看了，牌也不打了，游戏场也不逛了，往往独坐空房，饮恨弹泪，对着亡夫的遗物，自不免有人亡物在之感。见了丈夫一本书，就下一回泪；瞧了丈夫一个墨水壶，就哭一回，索性把这壶子盛她的眼泪了。这样过了一年，她简直拗断了柔肠，捣碎了芳心。一个躯壳，似乎已有半个伴着她丈夫同埋地下咧！

中国几千年的老例是男子死了一个妻，不妨再娶十个八个妻的；女子死了夫，却绝对不许再嫁。再嫁时就不免被人议论，受人嘲笑，以后就好似在额上烙了"再醮妇"三个大字，再也不能出去见人。这社会中一种无形的潜势力，直是打成了一张钢罗铁网，把女子们牢牢缚着。倘敢摆脱时，那就算不得是个好女子咧。这当儿倘有人可怜见这二十岁的青年寡妇，劝她再嫁，她在悲极怨极时，未始不能咬咬牙齿去找一个人做终身之托，好忘她心中的痛苦。然而没有人敢出口劝她，她也不敢跳出铁网去。只落得亲戚邻人们啧啧称赞道："好一个节妇，好一个节妇！难得，难得。"除了这一句不相干的话外，再也没有什么事足以慰藉她了。她翁姑见她留在家里随时随处都生感触，家中人又少，没法使她快乐，就劝她常在母家走动走动。因为她家有好几个兄弟姊妹，彼此都很合得来的。她在百无聊赖中，摆布不得，便也常往母家去。好在母家人人都爱她。父母更不用说了，妯娌和姊妹们瞧她可怜，千方百计地逗她快乐，不是打牌，便是看戏，上馆子，要使她没有片刻空闲的时候想起亡夫来。然而这样深悲极痛，是刻在骨上的，哪能忘怀？有时见了什么悲剧，挑起心头隐恨，往往红着眼眶儿回去，眼瞧着兄弟姊妹都是对对鸳鸯，十分亲热，即使在反目的时候，闹得惊天动地，在她眼中瞧去，也总觉得有幸福，比了一个孤零身子，要反目都不能可不是强多么？然而她虽羡慕夫妇之福，自己却并没有再嫁的意思。人家娶媳妇嫁女儿，她总不愿去瞧一瞧，生怕见了难堪。这样一连十年，真个妾心如古井了。

王夫人长住在母家，不再到夫家去，翁姑们瞧她十年守寡，不落人家说一句话，也自点头慨叹说，他们王家祖上积德，后代才有这么一个小节妇，真是难得呢！于是送了一个存款的折子过来，给她取钱零用。又暗中嘱咐她父母，不时同她出去散散心。王夫人好生感激，除了阖家出去玩时凑凑热闹外，常日总是守在家里教女儿读书学绣，委实安分得很，十年一日，不曾改变她的节操。左右邻舍哪一个不说她好，恨不得给她造起节妇的牌坊来，做普天下女子的师表呢。

王夫人守寡第十一年的那年上，邻人们蓦地不见了她。大家都以为回夫家去咧，倒也不以为怪。到得第十二年的阳春三月，邻人们不由得吓了一跳，原来王夫人又出现了，还多了一个小娃娃。中国的社会是最喜欢管闲事的，简直连邻猫生子也要与闻与闻。如今就把猜疑的眼光，集在王夫人身上，大家都想问问这小孩子是哪里来的。然而王夫人一见他们走近时，早就讪讪地避开去了。于是大家益发猜疑，把心中的节妇坊打倒了一半。这疑团怀了一个多月，才由王夫人母家的一个女下人传出消息来，说那小娃实是王夫人去年生的。她十年守寡，原早已死了心。却不道孽缘来了，偏偏有一个亲戚家的男子常来走动，目挑心招给她已死的心吃了回生剂，竟复活了。不知怎地在外边生了关系，父母没有法儿想，只索听她。后来他们俩就一同租了屋子，早去夜来，合伙儿过日子。据说那男子家中早有了妻子，手头也没有钱，然而王夫人像有神驱鬼使似的竟愿偷偷摸摸地和他混在一起，去过那清苦的生活。她未尝不想起自己这么一来，未免对不起那为公而死的王君荣。叵耐她那一颗芳心没有化成她丈夫坟上的石碑，也不曾伴着她丈夫同埋地下。苦守了十年，到底战不过情欲，只索向情天欲海竖了降幡，追波逐浪地飘去了。不上一年就生下个小娃娃来。先不敢出来，知道要惹人笑话，然而母家又不能不走，隐瞒是不能久的，也就硬着头皮索性露面了。她的心中未始不含着苦痛，然而又有什么法儿想？世界是用"情"造成的，胸窝中有这一颗心在着，可能逃过这个"情"字么？

王夫人做了失节之妇，不久就传遍远近了。翁姑都长叹一声，说年轻妇人毕竟是靠不住的，懊悔当年不曾出口唤她改嫁，倒落得清白干净。父母也生了气，虽还体谅她青年守节，本来难受，只是待她也不如从前了。兄弟姊妹和妯娌们也另用一副眼光瞧她，虽仍同她亲热，只是谈笑之间，都含着些儿假意了。连她十三岁的女儿阿曼也和她渐渐疏远，镇日价埋头在书卷女红中，装作个不见不闻。她回顾一身，真乏味得很，和她亲爱的，不过是一个没有名义的丈夫，和一个没有名义的小娃娃。就她自己也没有名义，既不能算那人的妻，又不能算那人的妾。只听得社会中众口同声地说道："一个失节妇，一个失节妇！"

王夫人的失节，可是王夫人的罪么？我说不是王夫人的罪，是旧社会喜欢管闲事的罪，是旧格言"一女不事二夫"的罪。王夫人给那钢罗铁网缚着，偶然被情丝牵惹，就把她牵出来了。我可怜见王夫人，便蘸着眼泪做这一篇可怜文字，然而吹皱一池春水，干卿底事，我又免不了要受管闲事的罪名呢！

（原载《礼拜六》第 112 期 1921 年 6 月 4 日出版）

脚

车儿有轮子，才能载人载货物，行千里万里。人身也有轮子，仗着它往来走动，又一大半仗着它和生活潮流去奋斗。这轮子是什么？不消说是一双脚。没有了脚，虽然一样呼吸做人，其实已成了个活死人，一半儿不能算是人了。在下侥幸有了脚，又侥幸没有坏，便一年年奔走名利场中。到底搬着这一双脚为了谁忙，又忙些什么，我自己也回答不来，最不幸的就把我的性灵汩没了。

然而这一双脚偏又缺它不得，横竖不走邪路，不走做官的终南捷径，也就罢咧。在下做这一篇《脚》，因为有两只脚嵌在我的脑筋和心目之间，兀的不能忘怀，只一闭眼就瞧见这两只脚。两只脚是属于两个人身上的：一只脚把脚尖点着地，脚跟离地一尺；一只脚从电车下拖出来，变了个血肉模糊！唉，好可怜的脚！

河南路棋盘街口，有一个二十多岁的黄包车夫，拖着车子招徕坐客。街角站着一个佣妇模样的少妇，提着两只挺大的篮子，要招车子。那车夫便柔声下气地求她坐，带着笑说道："大小姐，请你坐我的车子罢！从这里到火车站，好长的路，人家至少要一角钱，我只消六个铜子够了。比人家多么便宜！"那佣妇把头一扭道："我不要坐你的车，你跑不快的。"那车夫又道："你不妨坐了试试。我虽是点脚，跑得也很快。你倘嫌不快时，尽可在半路上跳下来，一个大钱都不要你的。"那佣妇依旧不愿坐，到底坐了车钱一角的车子去了。那车夫瞧了自己的脚一眼，低低骂道："天杀的，我都吃了你的亏！"原来徐阿生的左脚，天生是个点脚。要是点得低一些，人家可就不大注意，偏偏是个双料的点脚，五个脚趾竖在地上，脚跟耸得高高的，离地足有一尺光景。除了双料近视眼和六十岁眼钝的老公公老婆婆外，没有不瞧见他一双脚的。阿生从小不曾读过书，家中又穷得精光。父母死时，他已十六岁，以后不得不设法自立，要找好些的事儿做。一则为了不读书没本领，二则为了那只点脚，再也不能走上发达的路去。末后穷得要死，连吃顿粥的钱都没有了，没法儿想，只得向亲戚们凑借了几个钱，租了一辆黄包车，做这车夫的生活。其实他那一只点脚，万万不配做车夫。车夫是靠着脚吃饭的，他这脚既打了个六折七折，不能飞跑，这一只饭碗终也是靠不住了。阿生每天拖着车子出去，自己原知道倘给人家瞧见了这点脚，一定不肯坐他的车子，因此上他总把右脚放在前面，遮住左脚，车价也不敢多讨，生怕主顾掉头他去。只消人家肯跨上他的车子，他就得意极了。他讨车价也并不是随意乱说的，估量路的远近，规定数目，比旁的车夫便宜七折。主顾仍嫌贵时，就打一个六折。他心儿里挂着定价表，那点起的左脚上可黏着大放盘的招贴咧。有几个粗心的贪他价钱便宜，刷地跳上车去，阿生拖了就跑，也不顾街路是刀山是剑池，总是没命地奔。然而生着一只点脚，哪能比得上旁的车夫？有些主顾，都是《水浒传》上霹雳火秦明的子孙，性儿躁得了不得。往往等阿生拖到了半路，呼幺喝六地跳下车去，不名一钱地走了。好在白坐了一会，不曾劳动贵腿，到底合算，再有一半的路就是走去也好，落得省了钱。阿生也没有法儿想，臭汗流了满头满脸，白瞪着眼送他远去。回过身来又把右脚遮了左脚，哀求旁人坐他的车了。有些人没有急事，生性也和平些的，就一边催着阿生，一边耐性儿坐到目的地，把已放盘的车价打一个折扣，说是为他点脚跑得慢的缘故。这种人已算是有良心的，阿生心中已感激得很。至于有几位没有火气的老公公老婆婆们，既不嫌他慢，又不扣他钱的，那真是乐善好施的大慈善家咧。阿生因为不容易得到主顾，又往往受半路下车的损失，所以一天中所得的钱，除了付去租车费外，简直连三顿苦饭也张罗不到。有时花两铜子买两个大饼吃下去，也就抵去一顿饭了。阿生原觉这种生活太苦，叵耐除此以外竟找不到什么好些的事。一连好几年，仍和一辆黄包车相依为命，左脚仍点着，仍是哀求人家坐他的车。可怜他一身的血汗，不过和那车轮下的泥沙一样价值!

　　王狗儿十一岁上，就进了玻璃店做学徒。他就在这一年，死了他的父亲。他父亲是卖鲜果的，终年跟着时令，卖桃子，卖枇杷，卖西瓜，卖橘子，沿街唤卖，天天总要唤哑了喉咙回来。鲜果易烂，常常要受损失，如今他的身子也像桃子、枇杷、西瓜、橘子般烂去咧。卖鲜果的小贩是没有遗产传给他寡妻孤子的，两只装鲜果的竹箩担子，就是他唯一的遗产了。王狗儿母亲没有钱给儿子吃饭，又见丈夫卖鲜果不曾发财，因此不愿教儿子再理旧业。仗着隔壁玻璃店掌柜陈老先生的提拔，带他到店中做学徒去。玻璃店可没有多大的事给他学习，除了把金刚钻针划玻璃以外，就是扫地抹桌、淘米洗菜，替师娘抱小孩子，给师父倒便壶洗水烟袋。这简直不但做徒弟，还兼着婢女小厮老妈子的职务，倒也能算得能者多劳了。像这么重的一副担子，岂是一个十一岁的孩子所能胜任的? 他要生在富家，可就能穿绸着缎，吃好东西，还得躲在奶妈子怀中打盹咧。然而上天造人，往往替富人和高一级的人打算，特地造成一种牛马式的人，

脚

89

好供他们役使。这一个王狗儿，也就是天生牛马式的人了。狗儿做学徒，一连三年，打骂已捱得够了，却不曾得到一个大钱。因为学徒的年限内，是照例白做事没有工钱的。狗儿母亲见儿子有了着落，不吃她的饭，已很满意。她自己替人家洗衣服，赚几个苦钱，也能勉强度日。有时狗儿捉空回家去，他母亲总勉励他，说你快勤恳做事，好好儿地不要犯过失；再过两年，就有工钱给你了。狗儿生平从没有过一块钱，不知道藏在身边是怎样重的。他曾见顾客们来买玻璃，掏出银洋来放在柜台上，银光灿烂，煞是好看，又叮叮当当好听得很。因此他也很希望有工钱到手，做事加倍地出力，师父和师娘嘴儿一动，他已忙着去做了。有一天他送十多块玻璃到一家顾客家去，把一个篮子盛着。师父见路太远了，为节省时间起见，给他四个铜子，唤他来去都坐了电车，又把上车下车的地点和他说明了。狗儿坐电车是第一次，又是一字不识的，只索在电车站上向人打听该坐哪一辆电车，"伯伯叔叔"叫得震天价响。大多数人对于这种闲事是不肯管的，怕一开口损失了唾沫。这天却有一位古道可风的先生，竟指点他上了一辆电车。狗儿很兴头地

　　　　　　　落花怨

坐在车中，身儿飘飘荡荡地很觉有趣，心中便感激师父给他享福，以后做事更要勤些，把平日间的打骂全个儿忘了。当下便又向旁的车客问明了下车地点，提心吊胆地等着。末后听得卖票人已喊出那条路名来了，车儿还没有停，已有好几个车客拥向车门。他心慌意乱，抢在前面，又被背后的人一挤，连着一篮子的玻璃倒栽下去。不知怎的一只右脚伸在车轮下边，到得车儿停时，拖出脚来，早已满沾着血。加着他赤着脚，模样儿更是可惨。他倒并不觉得痛楚，连哭也忘了。坐在地上，收拾那破碎的玻璃，装在篮中，手上脸上已割碎了好几处。街上的行人和车中的坐客，都挤着瞧热闹，却没有人问他痛不痛的。一会儿巡捕来了，把旁人轰散。电车的轮儿闹了这乱子，不负责任，也早飞一般地载着车儿去了。巡捕说狗儿自不小心，合当捱苦。当下问了那玻璃店所在，替他叫了一辆黄包车，一挥手排开众人，大踏步走开去。他的责任也就完咧。狗儿坐到车上，脸色已泛得惨白。他瞧着那十几块玻璃，稀烂地散在篮子里，知道回去定要受师父的一顿臭打，泪珠儿就止不住淌将出来。那脚上的痛楚也觉得了，好似有千百把钢刀在那里乱戳，热溜溜地痛得厉害。低头一瞧，见脚背上鲜血乱迸，车中也淌了好些血，一晃一晃地动着。狗儿咬着牙忍痛，一边低唤阿母。直唤到店中，便觉痛也略略减了。他师父瞀见他坐了黄包车回来，先就吓了一跳，接着瞧见那一篮的破玻璃，知道闯了祸，揪住狗儿便打。最后见了那只血肉模糊的脚，方始住手，问明缘由，又把狗儿骂了一顿。一见破玻璃，心中恨得牙痒痒的，再也不管他的脚。可是砸了玻璃，血本有关，学徒任是碾断了脚，也不关他痛痒的。那掌柜的陈老先生知道自己是个介绍人，万不能袖手旁观，急忙把狗儿送回家去。狗儿到家中时，已痛得晕过去。狗儿母亲见儿子坏了脚回来，险些把心胆吓碎，肚肠都吓断了，急忙把一香炉的香灰，倒在那脚上。然而血仍淌个不住，想请医生，苦的没有钱。那陈老先生是个吝啬鬼，向来一毛不拔的。刚才送狗儿回来，已损失了车钱，正在心痛。去向玻璃店主人商量，他老人家就把那一篮的破玻璃献宝似的献出来，反要求狗儿母亲赔偿损失，更算那三年多的饭钱。狗儿母亲没法，只索哭着回家。邻人们劝她送狗儿进医院去，只是进医院也要钱，又听说外国医生要动刀截去脚的，一吓一个回旋，更不敢送医院了。狗儿醒回来后，不时地嚷痛。他母亲吊了一二桶的井水，放在床边，喊一声痛，泼一回水，略觉好些。当夜就又堆上好多香灰，把好几块的破布包裹起来。这样一连几天；狗儿只是躺在床上喊痛，痛得周身发热。母亲没奈何，只索抱住那只脚，抽抽咽咽地哭。十五岁的孩子，哪能熬得住这样的痛苦！那脚既没有一些药敷上去，只吃饱了井水和香灰，便烂得一天大似一天。十天以后，竟烂去半只脚。这半只脚就带着狗儿到枉死城中去了。狗儿母亲哭得死去活来，不上一个月，竟发了疯，镇日价抱着一只破凳子脚，在门前哭，说是她儿子的脚。

（原载《礼拜六》第114期1921年6月18日出版）

旧 约

斜阳下去了，天已夜了。河边散步的人，都已散开去了，四下里渐渐寂静没有声响。但听得远处闹市中还有车马箫管之声，杂在一起，隐隐送到这个所在，却好似在别一世界中了。河边一只游椅中坐着一个少年，脸色沉郁得很，不时望着那半天星月长吁短叹，又喃喃自语道："交易所！交易所！原来是陷人的陷阱！我可就落在这阱中了。那蚀去的两万块钱，明天拿什么还与债主？手头一个钱都没有，这便怎么处？"说时，望着那黑魆魆的河上，眼前陡地起了一种幻象，仿佛见一座挺大的牢狱峙在那里，开着两扇牢门，似是一头猛虎张开着大口等他进去，好不可怕！那少年一阵打颤，忙把两手掩住了脸，不敢再看这个幻象。当下呆坐了一会，似乎已打定主意了，蓦地长叹一声站起身来，仰天惨呼道："生不如死，死后就能逃去一切苦痛！我还是死罢。"便颤巍巍地直赶到河边铁栏杆旁，两手紧握着栏，把上半身弯倒在栏外，预备两脚向上一耸，一个倒栽葱栽到河中去。谁知正在这当儿，猛听得背后起了一片脚步声，早有人把他紧紧抱住。一边说道："好好青年，什么事不能设法？哪里没有生路，却偏要向河中觅死路去？"那少年没奈何，只得离了铁栏回过身来，抬头瞧时，见是一个衣冠齐整的中年人，口中噙着一枝雪茄立在那里，两眼停注在自己身上，脸上十分和善。那少年倒觉得忸怩起来，低着头一声儿不响。那中年人又道："到底是为了怎么一回事？快和我说，我或能助你一臂。你瞧那黑黑的水发怒似的流着，何等怕人！你为什么去乞灵于它？难道除了它，再也没有旁的路么？"少年太息道：

"没有路了！不瞒先生说，我身上正负着二万块钱的一笔大债，明天须得还与债主。但我除了一身之外不名一钱，因此赶到河边来寻一个归宿之地，撒手离了世界，这笔债也就逃去了。"那中年人道："但你这笔债又是怎样欠下的？可是为了平日间狂嫖滥赌，有荒唐的行径才挥霍去了这二万块钱么？"少年摇头答道："并不是在嫖赌中挥霍去的，只为起了个发横财的妄想，张罗了许多钱，一古脑儿去买那交易所现股。起先情形还不恶，竟能赚进几个钱，但我还希望它飞涨起来，比本钱涨上几倍，方始脱手。谁知不上几时，交易所的西洋镜拆穿了，股票的价值越跌越低。我慌了，生怕它末后连一个大钱都不值，急忙卖出。合算起来，除去收入的数目料理一部分债务外，还足足欠人二万块钱！明天无论如何必须归还，然而我的路都已断绝，又向哪里去设法呢？"那中年人叹道："唉，交易所不知道已坑死多少人了！你为什么也妄想发财，陷到这陷阱中去？要知我们既在这世界中做人，应当劳心劳力地去做事，得那正当的血汗代价，若要不劳而获，世上哪有这种便宜的事？你平日可有什么正当的营业么？"少年道："有的。我本是高等商

　　　　　落花怨

业学堂银行专科的毕业生，离了学堂以后就在市立银行中办事，充出纳部的副部长，每月也有一百块钱的薪水，年底分红也很不薄。"中年人道："如此你前途很有希望，将来发扬光大也未必不能成一个富人，为什么不好好儿依着这正路走，偏自轻易走到那邪路中去呢？你可有父母可有兄弟么？"少年道："父母单生我一个人，并没有兄弟姊妹。父亲也已去世十年，如今单有母亲在家。"中年人道："好狠心的人！你发财不成自管觅死，便抛下你母亲孤零零地过活么？"少年道："这也是没法的事！我本来很爱母亲，很要使她享福，但是事已如此，哪里还能顾到她老人家？"中年人道："大好青年应当在世界中做些事业，好好儿奋斗一场，自杀的便是懦夫，是弱虫。即使做错了事也该设法改变过来，万不能一死自了，把你父母辛苦抚育你长大的身体断送了。"少年颤声说道："先生！请你不要苛责。我们立地做人，谁不爱惜他的性命？瞧那花花世界，何等可爱，谁不想长生不老，永永厮守着？像我这样割舍一切，要投身到河中去，也叫作无可奈何呢！先生请便，我管我死，你管你走路罢。"说完旋过身去，仍要向铁栏杆畔走。那中年人却一把扯住他道："算了算了，没的为了二万块钱牺牲性命，我自问还有这能力助你一臂，我们且来商量一下子。"一边说，一边同着那少年在游椅中坐下。接着又道："我听了你的谈吐，知道你实是一个诚实的少年，堕落还没有深，发达也甚是容易。你要二万块钱还债，我此刻就签一张支票给你，不过我有一个条件愿你遵守：以后不许再做那种不正当的营业，好好地仍到那市立银行中当你的出纳部副部长去。每月一百块钱的薪水，似乎尽够你们母子俩的用度。市立银行是一家很发达的银行，照你这一百块钱薪水算，明年此时至少有二千块钱的分红。今夜我给你这二万块钱，完全是借贷性质，虽然不须借据不须付息，但你年年今夜须到这里来还我二千块钱，十年分十期，理清这笔债。你可能答应下来么？"那少年做梦也想不到一条绝路中忽然开出一条生路来，当下感激涕零不知道该说什么话才好，支吾了好一会才嗫嗫嚅嚅地说道："先——先生，我什么都愿答应！以后定要依着正路走，决不再堕入魔道了。一年二千块钱，我也敢答应的。"中年人很高兴似的说道："这样再好没有。我们准定照这样办，年年今夜我在这里等你的二千块钱。在这一件事上，我能见你的人格如何，你可不要失约啊！"
少年连应了几声不敢。他便从身边掏出一本支票簿来，
就着一边街灯下面签了一张二万块钱的支票给少年藏好
了，又安慰了几句，便说一声再会，三脚两步跑去了。
少年随后喊道："且慢，请问先生尊姓大号？"那中年人
似乎不听得，飞一般跑去。少年又大声说道："先生记
着，我叫作胡小波！我叫作胡小波！"那时星月在天，
照见那中年人已在街角上跳上一辆马车，渐渐远去了。

　　胡小波得了那二万块钱，第二天把债务一起料理清
楚，顿觉心头舒服，身上轻松。放着一副自然的笑脸回
去见母亲，把前后的事都说了出来，母子俩哭一回笑一
回，又悲又喜。他母亲更不住地念着佛号，要替那不留
名的大恩人供长生牌位。小波银行中的职位原没有辞退，
自然照常前去办事。前几天满面愁云，如今可换上一副
笑脸了，映着那出纳部柜台上明晃晃的黄铜栏杆，更见
得神采飞扬。他心中已立定主意，从今天起可要重新做
人，依着袁了凡氏"以前种种，譬如昨日死；以后种种，
譬如今日生"的两句话，脚踏实地做去。他心中脑中深
深刻着那夜预备投河时的情景，又牢牢记着那恩人的一

番金玉之言，把一切发财的妄想、行乐的恶念，全都赶走了。每天到银行中勤恳办事，再也没有旁的意念来扰他的精神。第二年年底，他喜出望外，竟得了三千块钱的分红！暗想，这回就能付清十分之一的债款了。到了那和去年同月同日的夜中，就揣着三千块钱的钞票，守着旧约到河边去，会那不留名的恩人，坐在游椅中回想去年此时情景，真觉得感慨不浅。但是这夜从七点钟起直等到十二点钟，不见那恩人到来。河岸草地外的大街中，除了曾有一辆汽车开过外，并没有旁的车子经过，走过的人也不多，没一个到河边来的。小波没奈何，只索没精打采地回去。明天到银行中，就用了不留名先生的名义，把三千块钱一起存下了。以后一连几年，小波兢兢业业，尽心在银行中，他的职位已从副部长升到正部长，每月的薪水既加多，每年的分红也加厚了。他母亲见儿子一年胜似一年，常常嘻开了嘴笑。每年到了那一个投河纪念的夜中，他总揣了二千块钱到河边去，然而一次也不见那恩人到来。他心中好生诧异，想那恩人可是打算把二万块钱的债务取消了么？但他仍不敢动用一钱，把分红所入一起存入银行。曾有两回在各大报纸上登了封面广告访寻那不留名的恩人，却一封回信都没有来。他一年年依旧守着旧约，却一年年失望回来。到了第十年上，小波一查银行中的存款，连本带利已有了十万块钱。等到了那夜，便提出八万块钱一张支票仍到河边去，预备把旧债加上几倍，还他八万，借此表示自己的感激之心。说也奇怪，这夜他刚到河边，那恩人早已在游椅中坐着等他了。一见了小波，便立起来和他握手道："恭喜恭喜！十年来你已完全换了个人了。银行中挣下了多少钱？可有十万么？"小波笑着答道："已有十万了。十年来每逢这一夜，我总守着旧约，怀了那笔钱到这里来，但总不见你老人家践约。我没法想了，又为的不知道尊姓大号，没处可送，登了广告又不见回信，于是只得把钱存入银行。今天我预备和你老人家打消这笔旧债，十年前的二万之数，加利奉还。"说时，忙把那张支票双手递与那中年人，眼中不觉落了两滴感激的热泪。那中年人却把小波的手儿一推，带笑说道："小波，算了。这笔债早就取消。我不是别人，便是人家称作中国丝王的洪遂一，家资千万，还稀罕你这八万块钱么？当初我给你二万，本是可怜见你，存心送给你的，只怕当时不是那么激励你一下，你就没有这一天呢！但我还须向你道歉，十年中失了九回的约，累你白白等我，真对不起得很！每逢这一夜，我原也坐着汽车经过这里，瞧你来也不来。十年中你竟一回不脱，足见你真是个不可多得的君子，使我佩服极了。"小波听得他就是丝王洪逵一，几乎一吓一个回旋，当下忙又说了好多感激的话。洪逵一瞧着小波，又笑问道："小波你有了那十万块钱，打算怎样？可要开一家交易所玩玩么？"小波忙说："不敢不敢。目前中国没有完备的造纸厂，还是去开一家造纸厂。不知道逵翁意下如何？"洪逵一道："这意思很好。我再助你十万基本金，你自管好好儿办去。"

第二年春上，胡小波便辞去了银行中的职位，开办造纸厂了。不上三年，已很发达，中国的报界出版界全都用他厂中的出品。一年年过去，差不多已和洪逵一的丝业分庭抗礼，小波名利双收，好生得意。他得意中的第一事，就是洪逵一才貌双全的女公子德英，已做了他的夫人了！

（原载《礼拜六》第 126 期 1921 年 9 月 10 日出版）

圣 贼

　　世界中没有不能改过的人，有了过失，只要有决心去改就是了。陈德怀是个贼，他所犯的过失要算大了，然而也勇于改过。他最后的结局，仍死在铁窗之下，却正像耶稣在十字架上就义，有牺牲的精神。他不但改过，还保全一个恩人之子，到底使这恩人之子也改过了；但他死后，社会中人还骂着他道："他是一个贼，他是一个贼。"

陈德怀做贼，是从中学堂里做起的。他早年死了父母，家中又没有钱，在孤儿院中毕业后，送到中学校受中学教育。他寄宿在校中，学费膳宿费却豁免的。他天资很聪明，功课总在八十分以上。这时他已二十岁了，不幸有了一种嗜好，这嗜好也是他的同学们引起来的。你道是什么？便是打扑克。同花顺子，常常同着三角几何中的方式，盘踞在他的心脑中。晚上和他同房间的，有五个同学都是打扑克的健将，家道也都不恶，向家中取了钱便带来做赌本。每天晚上熄火安睡时，他们只假睡了一会，就悄悄地起来，同聚在一个帐中，点了洋烛，立时开赌了。好在扑克牌不比麻雀牌，纸片儿寂静无声，神不知鬼不觉地尽自赌去。只要取到了好牌，不跳起来欢呼，那就不怕败露。那监学程先生恰又是个瞌睡汉，往往一瞌睡到大天光，半夜里并不起来查察，他们的赌局，可也是一百年不会捉破的。德怀既和他们同房间，自也加入伙儿，不知怎的，从此竟入了魔道，每天不赌不能过瘾。叵耐赌运不好，十赌九输。他生性又喜欢虚荣，家都没有偏要装作富家子模样，连赌了几夜，他竟输了十多块钱。手头哪里有什么钱？只索记账。但是心头很觉不快，总想要料理这笔赌债，一天到晚虽仍用心读书，一边却兀在那里想得钱之法。有一天他下课后，偶因问一节文法入到英文教员的房间中去，瞥见桌子上放着一只金光灿灿的金表，像火箭般直射到他眼中。他心中一动，接着别别别地乱跳起来，当下胡乱问了文法退将出来，心头眼底就牢嵌着这一只金表，估量它的代价总要好几十块钱，如此还了赌债，还有余下来的钱做赌本。他这么一想，就立下决心要去偷了。他的房间恰恰和英文教员是斜对门，那时同学们大半在操场上运动，宿舍中没有多少人，只有几个死用功的同学，关紧了房门在那里自修。他在门罅中偷瞧着英文教员的房门，守了好久，蓦听得门声一响，英文教员出来了。德怀的心陡又猛跳起来，满脸子蒸得火热，一霎时间心中似乎变了一片战场，爱名誉的心和爱钱的心彼此厮杀起来。临了儿到底是爱钱的心占了胜利，于是蹑手蹑脚地溜将过去，硬着头皮推门进房，一眼瞧见那金表仍在桌上，似乎对着他笑。他这时已自以为贼了，刷地赶到桌前取了那金表揣在怀中，依旧蹑手蹑脚地溜出来。哪里知道合该有事，刚刚溜出门口，那英文教员早已回来，一见德怀，便问有什么事。德怀面色如死，讪讪地回不出话来，忽地探出那只金表，想捉空儿捺在那里。这一下子可就被英文教员瞧出来了，先向桌子上一瞧，忙把他臂儿扯住，那只金光照眼的金表早在他手中奕奕地晃动了。英文教员大发雷霆，拉他去见校长。不一会"陈德怀做贼"已传遍了全校，通告处揭起开除牌子，限明天清早出校。这一夜他缩在床上，捱尽了同学们冷嘲热骂，连那五个扑克朋友也不留情面，要和他清算赌账。德怀逼得无可奈何，只得苦苦地哀求，耳边但听得四下里都腾着一种声音，仿佛说"陈德怀是个贼"，"陈德怀是个贼"。第二天早上，可怜陈德怀便背着一个铺盖，在同学们嘲骂声中低头出校去了。德怀无家可归，便到孤儿院中去恳求院长，一把鼻涕一把眼泪说了好多忏悔话，立誓以后决不再犯过失。院长戈厚甫是个恺恻慈祥的老先生，今年六十岁了，脸上额上都满着皱纹，每一条皱纹中似乎都含着一团和气。他见德怀怪可怜见的，自然答应他设法。当下便写了一封信，介绍到旁的一个中学校去。哪知他偷金表的事已传得很远很快，他们一见"陈德怀"三字，都掉头拒绝说我们这里都是好好的学生，不能容一个贼在里头。连试了几个学堂，都是如此。德怀惭恨交加，自悔当日的一时之误，一边却又怨恨那些学堂，想一个人犯了过，可是绝对不许他改过么？要回到孤儿院中去，却又觉得惭愧见院长，因此决意不去。向四下里谋事做，知道这陈德怀三字不能见人了，便化了许多名字到处撞去。然而他额上仿佛刺着一个贼字似的，没有人肯收容他。其实并不知道他曾做过贼，实在为目前谋事的人太多了，位置却不多，因此跑去都碰一鼻子灰。有的有位置空着，却要保人押柜银，这两要件他都做不到，便不能做什么事。他没法可想，于是流落了。那铺盖早已变钱，支持了两个多礼拜，渐渐儿把身上衣服剥下来。这当儿已是深秋，树头叶子黄了，西风刮得很紧。陈德怀的身上已剩了两件短衫子，去和西风作战。他要做花子，又苦的没有这嘴脸向人去化钱。打定主意，唯有走"自杀"的一条路了。一天早上，他长吁短叹在一条小弄中走，预备寻一条河去，低倒了头，泪如雨下。正在这时，猛觉得有人在他肩头拍了一下，抬头望时却见是孤儿院院长戈老先生。院长不等他开口，先就说道："德怀，你既不能进旁的学堂，为什么不回到院中来？我曾着人找了你几天，竟找不到。你堕落到如此，将来还能在社会中做事么？"德怀哭着答道："戈先生，学生并不要如此，只为学堂中既不肯收，要谋事又谋不到，回来见先生自己又觉得惭愧。想我永远挂着这个……贼……的头衔，一辈子没有希望了，今天打算自杀去，免得在世上出丑。再去做贼，那是我万万不愿的。"戈院长正色道："德怀，别说到自杀两字。一个人偶犯过失，可不打紧。我相信你是个能改过的人，快快努力做君子，洗净你的恶名。人家不收容你，我收容你。院中正要多用一个书记，就委你担任，每月十五块钱的薪水，可也够你一个人使用了。"这时德怀感激已极，长跪在戈院长跟前，流泪说道："戈先生，学生感激极了！只图来生报答你的大恩。要是社会中人都像先生般宽大，容人改过，以后犯过的人可就少了。"戈院长扶他起来道："算了，你且同我家去，借我儿子的衣服用一用，从明天起好好在院中办事，别辜负我成全你的苦心。"德怀忙收泪答道："我知道！我知道！"

陈德怀在孤儿院中做书记，天天勤恳办事，毫不懈怠，骂他贼的声浪也渐渐儿没有了。他怕人小觑他，也不敢和人交接，只是伏在办事室中，自管做他的分内事，少说少笑，变做了个很古板的人。同事们有知道他往事的，也不敢再讥笑他，背地里总说他是勇于改过的。院长有一个儿子，叫作戈少甫，在院中充舍监，今年三十岁左右。面目俊爽，是个风流自赏的人物，常瞒着他父亲在外面逛逛窑子，吃吃花酒。家中有慈母，很肯给钱他使，因此挥金如土，未免太豪放了些。他和德怀倒很合得来，凡是私人信件也得拜托德怀代笔，德怀自然没有不效劳的，有时有什么不大正当的事，还得苦口劝着少甫。少甫没有话，只是点头笑笑罢了。

德怀在院中一年多了，很得戈院长的信任，常在董事们跟前称赞他，说天下第一个勇于改过的，要算得是陈德怀了。德怀愈加奋勉，一心向上，他见院长儿子在外荒唐很为担忧，又不敢去告诉院长，伤他们父子的感情。一天院长收到了一个慈善家的捐款，是三千块钱一张支票，交到办事室中，那时办事室中有好多人，少甫和德怀都在那里。司库的会计先生正忙着算一笔很乱的旧账，把支票搁在桌子上不曾收拾好，一转眼却不见了。当下室中大乱，会计满地里乱寻没有寻到，于是又急又恼，说一时间还没人出去，非得向各人身边搜一下子不可。五分钟后，便在陈德怀身边搜出来。会计暴跳如雷，不肯罢休，立时唤校役去召警察来，把德怀拘捕去了。到得院长到来，已来不及。他心中也很着恼，想德怀的改过，原来是装着幌子哄人的，到底种了贼的根性总难变换过来，我倒上了他的当，还信任他，一见了钱可又来了。于是气冷了心，尽看德怀去受法律的裁判。三天以后，已由官中判定了一年的监禁。一时"陈德怀做贼"的声浪，又传遍了社会，凡是知道他的人都唾弃他了。他入狱后，并没什么悔恨，面上反常有笑容。第二年夏季，快要期满释放，忽然害了急痧，不上五分钟便气绝了。大家听了这个消息，都淡淡地毫无怜惜之意，说他是个贼，死了倒干净咧。

　　这一天晚上，戈院长回到家里，把陈德怀死在狱中的话告知夫人，彼此微微叹息，说好好一个孩子竟如此结局，真想不到的。那时少甫恰正久病新愈在家中养病，一听这话，便直跳起来，忽地哭着说道："唉，天哪！这是我戈少甫杀死他的！教我怎么对得起他？"他父亲母亲都呆住了，忙问是怎么一回事。少甫抽抽咽咽地说道："先请父亲母亲恕了孩儿。不瞒你们说，这二年来孩儿住在院中，向不回家，每天晚上常和几个朋友在窑子里走走，花酒、扑克几乎夜夜有的。今年相与了一个姑娘，衣服首饰已报效了不少，她定要嫁我，我也答应了。但恨手头没有钱，四处张罗也张罗不到，可是赎身之费，至少要三千块钱呢！那天恰有人捐给院中三千块钱，父亲把支票交到办事室中，会计忙着算账没有收拾好，我便捉空儿偷了。我穿着洋装，随手纳在外衣袋中，正待溜出去，会计却觉得了，四处找寻，并且要搜查各人的身上。我急得什么似的，不知怎的，陈德怀忽从我外衣袋中取了去，一会儿那支票便在他的身上搜出来，代替我被捉将官里去了。"说到这里，伏在桌上又哭。他父母呆坐着，说不出话。少甫哭了半响，又接下去说道："他入狱后，曾寄给我一封信。说父亲是他的恩人，这一回事就是他报恩之道。信中又苦劝我赶快回头，别再去嫖。这时我也大彻大悟了，因便绝了那姑娘，立誓不再踏进窑子一步。但是一年以来，我总觉转侧不安，心中十分难堪。要自己投案去代德怀坐监，又怕拖累父亲令名，因此不敢妄动。不想德怀如今害急病死了，我要报他的恩已无从报起。唉！天哪，教我怎样对得起人啊！"戈院长掉了几滴眼泪，说道："算了，你既已改过，我也不用再责备你。不过陈德怀当然是我们害死他的，须得好好儿料理他的身后，也算是表示我们一些感激之心唉。德怀毕竟是个英雄，我一向赏识他，可真是老眼无花咧。"

半个月后，他们已造了个很庄丽的坟，把德怀葬了。碑上刻着的字，是戈院长亲笔写的，叫作"呜呼小友陈德怀之墓"。大家见他这样优待一个贼，都莫名其妙，只说老头儿怪僻罢了。偶有人提起陈德怀三字时，大家仍还骂着道："他是一个贼，他是一个贼！"

（原载《礼拜六》第 134 期 1921 年 11 月 5 日出版）

汽车之怨

看官们，在下非别，是许多人爱慕和许多人怨恨的一件东西，名儿叫作汽车。出身本在外国，所以还有个外国名字，叫作摩托卡（Motou），又号乌土摩皮（Automobile）。我的姊妹兄弟，为数众多，直好说足迹遍于全世界。我们心爱繁华，所以专在那些繁华的去处，往来飞逐，大出风头。至于非洲的沙漠，西比利亚的荒原，我们可就裹足不去了。在下是上海几千辆汽车中的一辆，生在美国，不久就由人带到上海。论我的模样儿，十分漂亮，身穿大红袍子，霍霍地放着光彩。长得又肥瘦适中，修短合度，就是评论中外古今的美人儿，也不过这八个字，可见我长得好看了。四只橡皮脚，又软又白，和那六寸肤圆光致致的美人脚没甚分别。不过两个眼睛生得大些，但也构造得好，顾盼生姿，况且西方美人，本来以眼大为贵，我瞧上海地方也有好多饱眼睛的美人，惯向人家飞眼风的。不过我的声音似乎大了些，一开口总把旁人吓跑，比不得美的人儿莺声燕语，呖呖可爱，任是破口骂人，人也娓着不肯走呢。

闲话休絮，且说我既到了上海，就在一家汽车公司中住下了。一连几天，坐在大玻璃窗中，仗着我的模样儿好，不知吸到了多少中外男女，都在窗前站住了，笑嘻嘻地向我瞧，又口讲指画，瞧着我评头品足。连街头乞儿，也得对我瞧瞧，知道一辈子没有他的分儿，只索叹息而去。不上几天，我却被一个中国大腹贾瞧上了，真个一见倾心，十分中意，立时出五千两身价银子，把我买了回去。我瞧他满身俗气，雅骨全无，不免有明珠投暗之叹，但是实逼处此也，无可如何，只索同着他后堂姬妾装点他飞黄腾达的门面。可是中国人一朝得意，除了大兴土木，造大洋房以外，总有两种目的物，一种是小老婆，一种是汽车。倘是一个人有几个小老婆，几辆汽车的，就可见这人是个很得意的人物了。我那主公也是如此，他小老婆足有半打之数，但听得下人们三姨太太二姨太太五姨太太地乱叫，连我也辨认不出谁是谁，不知道那主人怎样应酬他们的。论到汽车，可怜我也居于四太太的地位，因为他先前早已买了三辆了。仗着我是个新宠，很讨欢喜，日夜总坐着我出去，但是休息时少，疲于奔命。一会儿上银行，一会儿上总会，一会儿上那家阔官的公馆，到了晚上，又得上好几家酒楼餐馆、戏院、窑子，并且到那种不明不白的地方去，累得我终夜在外，餐风饮露，又出乱子碾死人，这种生活，可也过得怨极了。

一天恰逢主公病了感冒，才得在家休息一天，恰巧我上边那三位汽车太太，也不出去，我们便开了个谈话会。一块儿谈谈说说，倒也有味，但是一谈之后，大家都是怨天恨地，没一个满意的。他们三位进了我主公的门，多的三年，少的也一年多了，据他们说，主公的那几位姨太太和公子女公子们，都喜欢自己开车，横冲直撞的，把他们开得飞跑，这几年中也不知道闹了几回乱子。男子、女子、老婆子、小孩子，已杀死了不少，好在主公有钱，杀一个人，至多花一二百块钱完了。最冤枉的要算是我们做汽车的，可是出了事，人家总说汽车害人，连新闻纸中也大书特书的"汽车肇祸"，其实害人咧，肇祸咧，何尝是我们自动，都是驾驶我们的人主动的。譬如大炮机关枪倘没有人装子药进去施放，他们也会轰死人么？然而舆论不管，往往派我们做汽车的不是。还有那班汽车夫，想要讨好主人，总把我们开得飞奔，倘是载着那珠围翠绕花枝招展也似的小姐姨太太们，那就更要开得飞快，出足风头，直好似入了无人之境，人家的性命，全都不管了。出了事，总还说死者自不小心，自己把身体送到车下来碾死的，不是开车的不是，可怜死人不能开口，不能爬起来辩白，也只索受了自不小心的处分，冤冤枉枉地死定了。记得有一回那一位公子自己开车，碾死了一个穷人家的孩子。这孩子年已十二三岁，是三房合一子的，虽是生在贫家，可也名贵得很，但为了那位公子要出风头，就轻轻地牺牲了这条小性命。

落花怨

好一位公子，见了那臂断腿碎血肉模糊的尸体，毫不在意，口中衔着雪茄，微微一笑，接着就从身边掏出一叠钞票来，等候罚金。那孩子的家原是在近边的，顿时惊动了他三房的父母，一窝蜂地赶来，抱着那破碎的尸体，呼天抢地地痛哭，大家闹到官中，上官判罚三百块钱。公子早就预备着的，把那叠钞票一掷，返身走了。谁知那三房的父母很不识趣，竟不稀罕这些钞票，苦苦地求着上官申雪，并且愿意把六条老性命一起牺牲，自去横在街上，请那公子照样地把汽车来碾一碾，碾死了他们，免得以后不见儿子的面，一辈子受精神上的痛苦。这几句话，说得大家掉下泪珠来，这件事不知道后来怎样了结的，可真凄惨极了！唉，我们每夜停在汽车房中，似乎夜夜有冤魂到来，绕着我们的脚，啾啾哭泣，就我们身上的大红颜色，也仿佛满涂着他们的鲜血呢。

我们美国诗家谷①地方，有一个贤明的长官，对于那种开快车的人，有一种特别的裁判法，他不要罚金，只把犯案的人带到验尸所中，指点那些被汽车碾死的孩

---

① 诗家谷：现译芝加哥。

子，给他们看，唤他们一礼拜后再来。这一礼拜中，他们受了良心上的裁判，夜中常常梦见自己的儿女死在汽车之下，于是一礼拜后再到官中，说以后决不敢再开快车了。不知道把这种裁判法施行在上海，可有效无效。只怕上海富人的心地太硬，见了尸体不动心，想自己儿女出门总坐汽车，一辈子不会给人家碾毙的，夜中做梦，又总梦见的饮食男女之乐，如此这一种良法美意，可也不行了。但我忝为上海几千辆汽车之一，敢代表几千辆汽车，向有汽车的富人贵人说一句话，并且替无数穷人苦人请命："诸公要出风头尽着出，但也总须顾全人家性命。自己不开车的，便劝导劝导汽车夫，随时留心一些，不要给人家瞧我们汽车是刽子手中的刀，又使我们担怨担恨，代诸公受过咧。"

《新申报》的任嫩凉先生，前天做了一篇小言叫作《汽车之怨》，先前我那《半月》杂志中，原有一篇小说叫作《汽车之恩》，彼此恰恰相反，做了个对儿。任先生对于最近一件汽车案，很有发挥，深得我心，末了说这汽车之怨四字，倒又能做一篇小说。小子不揣谫陋，就大胆做了这么一篇，还须向任先生道谢，赐给我这个小说材料，鹃识。

（原载《礼拜六》第 157 期 1922 年 4 月 15 日出版）

挑夫之肩

　　黄浦滩一个码头上，有一个老挑夫傍着铁栏杆坐着，把他那件千缀百补的破棉袄翻来覆去，不住地在那里捉虱。捉到了一个，便放入口中细嚼，倒像很有滋味似的。这挑夫年已六十左右，头发白了，他把一顶破毡帽罩着，只露出乱乱的几丝，嘴上还没有胡子，但是胡根也雪白了。他忙着捉虱，几乎把他破棉袄的全部都已检到，末后索性脱了一半，露出一只黄黑的右臂来，臂上肌肉缕缕坟起，分明是很有气力的样子，但他臂膊以上肩井的上面，有使人惨不忍睹的便是血花模糊的一大块，斜阳红上他的肩头，只见半红半紫又有一半儿黑，分外地可怕。

这当儿五点多钟了，斜阳正照在水面，一闪一闪的，仿佛撒了许多金屑金片一般。小说家秦芝庵这几天正缺少小说材料，任他搜索枯肠，也搜不出什么材料来。他一向相信，街头巷口便是小说材料出产之所，随时随地找得到材料的，于是带了一本手册走出门来，一路信步踱着。不知不觉踱到了黄浦滩边，恰恰踱过这老挑夫坐着捉虱的码头。他一双尖锐的眼睛，就被老挑夫右肩上那个半红半紫半黑血花模糊的一大块吸引住了，不由得立住了脚，呆看了半晌。老挑夫自管低头捉虱，并没瞧见他。秦芝庵却忍不住了，开口问道："老伯伯，你肩上可觉得痛么？"这时老挑夫恰从那乌黑的棉花中捉到了一个虱，猛听得有人问他，也来不及答话，先把这虱送进了嘴，才急忙抬起头来，一边嚼着那虱，一边反问道："先生，你问我什么话？"芝庵道："我问你肩上破碎了这么一大块，可觉得痛么？"老挑夫向自己右肩上瞧了一眼，摇头微笑道："这算什么来？我仗着这两个破碎的肩胛，已吃了二十年的饭了。只要肚子不饿，心不痛，还怕肩胛痛么？"说着，索性把那破棉袄全脱了下来，露出那左肩来，也一样的半红半紫半黑，有这么血花模糊破碎的一大块。

　　秦芝庵不知不觉地在老挑夫身旁坐了下来，忙道："老伯伯，你快把这棉袄穿上了，这样深秋的天气，没的受了冷。"老挑夫把棉袄披在身上，不再捉虱了，慢吞吞地答道："我们这种不值钱的身体，在风露下面磨惯了，哪得受什么冷？你几曾见我们挑夫会伤风拖鼻涕的？"说得芝庵笑了，当下掏出他的金烟匣来，把一枝华盛顿牌纸烟授与老挑夫。老挑夫笑了一笑道："先生，谢谢你，我吃不惯这个，这里有旱烟管在着。"说时，从他裤带上取下一枝短短的旱烟管来，装了一管烟。芝庵忙扳开引火匣，给他点上了，一边又问道："老伯伯，你当这挑夫有多少年了？可是少年时就做挑夫的么？"老挑夫道："我做这挑夫，大约有二十年了，那时记得是四十一二岁罢。少年的时候，我也像先生一样，读书识字，且还在小学堂中当过三年的算学教员。我父母早故，单有一妻一女，每月四五十块钱的束脩，已很够敷衍我一家的衣食住了。唉！先生，不道妒忌倾轧，随处都免不了。我这每月四五十块钱束脩的算学教员，可没有什么稀罕，但我钟点比别班的算学教员少一些，出出进进似乎舒服得很，因此遭了别一班的算学教员妒忌了，鬼鬼祟祟地在校长跟前说我坏话。第二年上，钟点加多，束脩减少。我知道有人在那里倾轧我，于是一怒辞职，抛下教员不做了。"说到这里顿了一顿，抽了几口旱烟。芝庵问道："你既不做了算学教员，就当挑夫么？"老挑夫带笑容道："不做教员，就做挑夫，这改行未免改得太快了。我出了学校后，仗着一家有钱的亲戚出了一封介绍书，介绍到一家银行中充任会计科副科长。谁知不上一年，又被人倾轧，把我轧出去了。以后连换了好多职业，受了种种刺激，从没有做得长久的。心中暗暗慨叹，想人生世上，吃饭如此艰难，人心如此险诈，动不动就是妒忌倾轧，真使人怕极了。商学两界，我已尝过滋味了，倒要尝尝别界的滋味如何。到了三十八岁那年，便得了一个很好的机缘，入了道署做起幕友来了。那道台很信任我，什么事都和我商量，我说的话，他老人家差不多没有不依从的。和我立于同等地位的幕友还有四五个，见我独得主座信任，自然妒忌起来。到得我自己觉得，设法挽救时，已来不及，毕竟被他们挤去了。我这时心灰意懒，回到家里，简直不愿再出去做事。只是混了多年，毫无积蓄，我的妻向来是享用惯的，除了手头有一二千块钱首饰外，也不曾给我积什么钱。我坐吃了几个月，一瞧局面不对，托了许多亲友，一时也谋不到事。偶然想到有一个好友在山东办盐务，便带了些盘川投奔前去。临行对我妻说：'此次出去，定要衣锦还乡，你耐心儿等着我。'我妻唯唯答应，我便飘然走了。谁知到了山东，我那好友恰恰身故出缺。在客店中住了一个多月，谋不到别的事，盘川完了，只索当去了衣服，没精打采地回来。不想事有凑巧，真应了'福无双至，祸不单行'的那句老话，我妻竟席卷一空，不知跟人逃到哪里去了，连一子一女都带走了。我四下里探听，一些儿消息都没有。我这时伤心已极，暗想十多年糟糠之妻，竟这样弃我如遗，我生在世上还有什么希望？又何必做人？所有几个亲戚朋友都背地笑话我，没一个给我出力的。我这时既无家可归，身上又没有钱，哪里还有生人之趣？"

　　老挑夫说到这里，叹了一大口气，忍不住掉下几滴眼泪来。芝庵只望着水面上斜阳之影，说不出话来安慰他。老挑夫又接下去说道："我心中怨极恨极，便想自杀了。只是上吊两次，总见我亡故的老子娘立在跟前，不许我死，我于是不死了。又因亲戚朋友一味势利，不愿意去干求他们，就隐姓埋名，专在这一带码头上做挑夫的生活。无家无室，无牵无累，倒也安乐得很。好在穷苦之中，大家都差不多，倒没有妒忌倾轧的事了。二十年来我便自由自在地做这挑夫，每天仗着两个肩胛，赚几百个钱，恰够我装饱肚子。有钱的人，不过衣食住阔绰一些，不是一样地做人么？"芝庵点头叹息道："老伯伯，我佩服你，你真是一个高人啊！但你那两个肩胛，怎么会破碎的？"老挑夫道："这两个肩胛，也已破碎好多年了。那一年夏天，挑了一副极重的重担，又走了很长的路，肩上没有衬东西，出汗太多，就被扁担擦破了。可是我天天仗着挑担吃饭的，一天不挑担，一天没饭吃，哪能养什么伤？于是越擦越碎，变成了这个样子。先前虽还觉得痛，现在倒也不大觉得了。"说时微微一笑，把手去抚摩他的双肩，又低声说道："这两个肩胛，正是我一辈子的饭粮啊！"

这时斜阳已下去了，汽笛声声，有一艘小轮船开向码头来。老挑夫忙拿了地上扁担，跳起来道："先生，对不起，我的生意来了，再会罢。"芝庵急忙握了握那老挑夫粗糙的手道："再会，老伯伯，我祝你手轻脚健，多做几年快乐的挑夫。"

（原载《半月》第 3 卷第 5 期 1923 年 11 月 22 日出版）

对邻的小楼

发　端

对邻有一宅一上一下的屋子，屋瓦零落，檐牙如墨，多分已有二三十年的寿命，和近边几宅新屋子比较，也可以算得年高德劭了。这屋子的主人，是一夫一妇，并没有儿女。他们俩倒是精明经济学的，以为夫妇二人尽可蜷蜷尾巴缩缩脚，住着这么一上一下的大屋子，未免太不经济了。于是把他们那个小楼，像陈平分肉一般，平平均均地划分为二，自己住了后半楼，把前半楼出租。至于那前半楼的面积，虽不致像豆腐干那么小，却也只够放一张床铺、一张桌子和一二把椅子了。我瞧着那半角小楼，总说这是半壁江山的小朝廷。

第一章　第一家住户

那朱红纸的召租贴在门口，色彩鲜明，很引起许多走路人的注目。不上十天，那对邻的小楼中，已有一户人家搬进来了。几件很简单的家具，一一从窗口上缒上去。一张铁床，靠墙放着，靠窗口一张红木漆的小桌子，已微微露出白色了。桌旁放着两把椅子，三四只凳子，中式和西式都有，分明是杂凑拢来的。壁角里一个三只脚的面盆架子，安了一个铜面盆在上面，也暗暗地没有光彩。此外便是瓶瓮罐头和脚桶马桶之类，把床下桌下全都塞满了。第二天我推开楼窗来，要瞧瞧这对邻小楼中新迁入的高邻了。留意了半天，却不见有人，只见那铁床的帐子沉沉下垂。床前有一双男鞋和一双女鞋放在那里，四只鞋子却横七竖八地放成四个地位，也可见他们临睡时的匆促咧。

午饭吃过了，自鸣钟已打了一点钟，才见那小楼中有一男一女正在忙着洗脸梳头，搽雪花粉，一会儿便各自穿了华丽的衣服，分头出去了。我瞧了他们两人的脸，觉得很厮熟，似乎曾在什么地方见过的。想了一会，陡地有红氍毹上的两个影儿映到我眼前，才记起他们是游戏场中演新剧的男女演员。

他们毕竟是演惯戏的，平日间谑浪笑傲，差不多把舞台上演戏的一言一动，全在这小楼中搬演着。有时也有同业的男女来瞧他们，一块儿吃饭打趣，无论什么粗恶的话，都可出口；打情骂俏的举动，也可随随便便地做出来。他们那种生活，倒也快乐自在。这样过了一个多月，他们忽然搬走了，大门上又贴了朱红纸的召租。据屋主的夫人说，他们俩原是非正式的结合，因为这几天闹了意见，彼此分手咧。

第二章　第二家住户

半个月后，那朱红纸的召租已揭去，又有第二家住户搬进来了。我每天早上起来，常见对窗有一个女学生般打扮的女子，坐在窗下挑织绒线袜。年纪约摸二十三四岁光景，一张长方形的脸，现着紫棠色，分明是在体操场上阳光之下熏炙过的。槛发齐眉，烫得卷卷的，变成波纹起伏的样子，常穿一件方领的黑半臂，四周都滚着花边。她有时不做活计，便拿了一本书，很用心似的在那里看。瞧去似是教科书，又像是旧式的小说，也无从证实是哪一样。

楼中的布置虽也简单，却是一式新的，比那第一家住户整齐多了。铁床上的帐子，一白如雪，配上一副亮晃晃的白铜帐钩。一面壁角里，还放着一架小衣橱，这是第一家住户所没有的。并且墙上也有画镜了，一张是爱情画片，一对西洋男女在那里接吻；一张是裸体画，一个美女子赤条条地立在河边，这也是第一家住户所没有的。

落花怨

这天晚上，我便瞧见她的他了，是一个三十多岁商人模样的人，和她的女学生式不很相配。然而他们俩亲热得很，有说有笑地用过了晚饭，便同坐在床边，学那画镜中西洋男女的玩意，又唧唧哝哝地说着话，大约总是情话吧。一到九点钟，便吹熄了火，双双地钻进那一白如雪的帐子去了。

这样三个月，那半角小楼真是情爱之宫，没有什么不快意的事。但是有一晚，他们俩却似乎口角了，她伏在床前的小桌上，抽抽咽咽地哭个不住。又过了一天，我听得窗下起了邪许之声，临窗瞧时，却见那第二家住户又搬出去了。我家的女仆张妈，是很好事的，她又从屋主夫人的口中，探得那两口儿的事。据说她确是一个女学生，因了上大洋货店买东西，忽然和一个伙友爱上了，便非正式地结合起来，在法租界住了两个月，搬到这里。但那伙友早有妻子，住在洞庭山故乡。不知怎样被她知道了，赶到上海来和丈夫大起交涉，竟要打上门来。那女学生父母都去世了，还有一个伯父在着，也反对他们的结合。这回搬出去，恐怕要劳燕分飞了。

第三章　第三家住户

第三家住户可阔绰了，小铜床啊，红木的桌椅啊，白漆的挂镜啊，红花细瓷的西式茶具啊。顿把这半角小楼装点得焕然一新。一个西式少年脱去了外衣，卷高了白衬衫上的袖子，正在喜滋滋地布置一切。估量他年纪约在三十左右，雪白的领圈，简直连一星灰尘都没有。一个锦缎做的领结，配上独粒小钻石领针，分外地美丽。一头头发，全个儿向后倒梳，乌油油的好似涂着漆。一张小白脸上，微含笑容，足见他心中的快乐咧。

他是一个人来的，并没有女子。我暗想奇了：他租了这么半角小楼，布置得很阔绰，难道给他一个人舒服的么？更奇怪的，一连两夜楼中没有灯火，那少年分明不宿在这里，另有宿处。到得第三天晚上，忽见楼中灯火通明，他同着一个穿绿斗篷的美女子到来，一阵阵浪笑之声，随风送来。又眼见得一时灯光缭乱，不知道他们在那里忙什么事。第二天日上三竿的当儿，才见那少年起床了，接着那铜床中又钻出一个云鬓蓬松的女子来，

　落花怨

正是昨晚那个穿绿斗篷的美女子。

那少年很乖觉，知道有人窥探他的秘密了，便在窗上遮了一个窗帘。从此以后，除了听得楼心浪笑声外，再也瞧不见什么新鲜的玩意。不过有时仍能在帘角瞧见钗光钿影，霍霍地闪动，又似乎不止一人，随时在那里变换的。

两个月后，这小楼中却又空了。只有六扇玻璃窗，在日光中弄影，似乎满含着寂寞无聊的神情。

第四章　第四家住户

张妈在露台上大惊小怪地嚷起来道："看新娘子！看新娘子！"我正在静坐，倒给她吃了一吓，一边也就抬起我那双好奇的眼睛来，向对邻的小楼中望去。果然见那前二天迁入的住户，今天已把这半角小楼布置成一个洞房模样了。一个宁波式大床，挂了花洋布帐子，铜帐钩上垂着红璎珞，床前的半桌上，放着两瓶红红绿绿的瓶花。又有两枝龙凤烛，插在一对寿字锡烛台上，已点明了。壁上有一幅麒麟送子图，两面配上红蜡笺的房对。

就我这双近视眼瞧去，只认出笔画最多的"鸳鸯蝴蝶"四个字，别的字便瞧不出了。

那时楼中共有四五个女客，中间一个穿着粉红缎袄子的，据说是新娘。脸上涂了一脸子的粉，嘴唇上的胭脂也点得红红的，头上插一朵红绒花，微微颤动。我瞧这新娘和那几位女客们的脸，知道都是黄浦江那一面的人，到得她们一开口，我的猜想果然证实了。我瞧了新娘，更想见见新郎。不多一会，果然见一个黑苍苍的男子满面春风地进房来，一边嚷着道："请下楼用酒去！请下楼用酒去！"于是新娘啊，新郎啊，女客们啊，都鱼贯下楼去了。楼中只有一对龙凤烛，还一晃一晃地放着快乐之光。

据张妈说，那新郎是在一家工厂中办事的，挣钱不多。所以这次结婚，一切节省，总算敷衍成礼就算了。第二天清早六点钟，新郎已抛了鸳鸯之梦，匆匆地上工厂去。八点钟时，新娘也起床梳洗咧。

他们也不知道什么蜜月不蜜月，新婚燕尔中，新郎照常上工厂去，新娘也换了旧衣服，忙着操作了。

他们迁入以来，还不上半月。他们的结合，和以上三个住户不同，也许能住得久长些么。精明经济学的屋主人，可以省些朱红纸，不致时时贴召租了。

结　论

前后不上一年，这对邻的小楼中，已好似经了四度沧桑。那四家住户，有四种情形，过四种生活。以上所记，不过是旁观者所见的概略。若是由四个当局者自己琐琐屑屑地记起来，怕非一二十万字不行。单是这半角小楼，已有如此的变迁，像这样的复杂，无怪一国之大，一世界之大，更复杂得不可究诘，更变迁得不可捉摸了。

（原载《半月》第 3 卷第 16 期 1924 年 4 月 18 日出版）

我的爸爸呢

　　大将军打了胜仗，奏着凯歌回来了。他身穿灿烂的军服，胸口满缀无数的勋章宝星，霍霍地放着光。他骑着一匹高头骏马，缓缓地在大道中前去，气概轩昂，面上微带笑容。一路军乐悠扬，旌旗飞舞，都似乎表扬大将军的战功。

　　大将军马后，跟着一千多兵士，面无人色，很疲乏似的在那里走。他们都是百战余生，从二三万战死和覆没的大军中遗留下来的。大将军胸前的勋章宝星，正是无数战士之血的结晶品。

　　沿路虽有千千万万的人，欢迎大将军凯旋。然而绝少欢欣鼓舞的气象，内中有好多男女老幼，正向着这一千多侥幸生还的兵士中，寻他们的亲骨肉。有的是父母寻儿子，有的是妻子寻丈夫，有的是兄寻弟，弟寻兄，又有一般小儿女牵着他们母亲的衣，满地里寻爸爸的。有的寻到了，便快乐得像发狂似的扑将上去，有寻不到的，便很失望地倒在路旁哭了。因此大将军的凯歌声中，却掺杂着一派愁惨之气。

　　那时有一个衣衫破烂十一二岁的孩子，也扶着他一个白须白发的瞎眼老祖父到来。他先把老祖父安顿在一家小茶馆门前，自己便在那一千多个兵士的队中像穿梭般穿来穿去，似乎找寻什么人。他的身体饿得很瘦小，虽是穿来穿去，还不致乱他们的队伍。但因心中慌乱得很，时时撞在兵士们身上，捱了好多次的打骂。

　　他寻了好久，分明已失望了。两个红红的眼眶子里，满含着眼泪，呆望着那些兵士们一排排过去，很凄惶地嚷着道："我的爸爸呢？我的爸爸呢？"

他瞧正了一个面色和善些的排长，便走上去放胆问道："我的爸爸呢？"那排长不理会他，拿着指挥刀，自管向前走去。

他不肯失望，又在队伍中穿了一会，差不多把那一千多人的面庞，全都瞧清楚了，然而终不见他的爸爸。于是他又放胆拉住了一个擎旌的兵士，悲声问道："我的爸爸呢？"那兵士也不理会他，把手一摔，将他摔倒在地。

他从地上爬起来，满面的泪痕，沾着泥，涂抹了一脸，好像变做了鬼一般。但他并不觉得，仍还拉着那些兵士，不住口地问道："我的爸爸呢？我的爸爸呢？"兵士们也有不理会他的，也有和他打趣的，终于问不出他爸爸的所在。

末后他的小心窝中霍地一亮，以为大将军是一军之长，一定知道他的爸爸了。当下便从后面飞奔前去，直到大将军的马旁，抬着那张泥污的脸，悲切切地放声问道："我的爸爸呢？我的爸爸呢？"这当儿大将军正在左顾右盼，留意瞧那两面楼窗中的俊俏女子，微微地笑着，哪里顾到这马下哀号的苦小子。

他见大将军不理会，以为是没有瞧见他，因便绕到马前，拉住那马脖子下的一串铜铃，提高了嗓子问道："我的爸爸呢？我的爸爸呢？"这时大将军正瞧见了一个极俊俏的女子，飞过眼去，饱餐秀色。却不道被这苦小子岔断了，于是心中大怒，把缰绳斗的一拎，那马直跳起来，可怜把这孩子踏在铁蹄之下，口中却还无力地嚷着道："我的爸爸呢……"

路旁的人惊呼起来，忙把那孩子从马蹄下拉出，去交给他那小茶馆前等着的瞎眼老祖父。可怜可怜，他早已死了，但他那张泥污的脸上，却微含笑容，似乎已寻到他的爸爸咧。

（原载《半月》第 4 卷第 1 号 1924 年 12 月 11 日出版）

照相馆前的疯人

　　淡妆浓抹总相宜的西子湖，年年总是最先占到春光。满湖上新碧的杨柳，被柔媚的春风梳着，一树树上下荡漾，瞧去好像是一堆堆的碧浪。孤山上的梅花落了，余香犹在，让林和靖和冯小青多多领略。而山坳水滢，已时时见桃花的笑靥了。各处山坡上杜鹃花烂烂熳熳，映得满山都红，仿佛给湖上诸山都披上了一件红罗衫子。加上那春山如笑，春水如鞿，便使这尤物移人的西子湖，更见得秀色可餐。好美丽的西子湖啊，你简直是躺在春之神玉软香温的怀中了！

这一年似乎在阳春三月中罢，我们局局促促地在这十里洋场中，天天过着文字劳工的生活，委实苦闷极了。如今一受了春风嘘拂，这颗心便勃勃而动，勾起了无限游兴。而西子湖的水光山色，又偏生逗引得我心中痒痒的，于是招邀游侣，同到湖上看春光去了。

一连三天，饱游了湖上诸胜。往灵隐看飞来峰，上韬光望海，玉泉观鱼，龙井试茗，扶筇过九溪十八涧，顿把一年来的尘襟，洗涤得干干净净。这一晚在旅馆中用过了晚餐，便同着小蝶、红蕉，上街闲逛去。手中还带着那根紫竹的手杖，在路上拖得嚓嚓地响，模样儿都消得很闲。小蝶爱看旧书，我也有同好，沿路瞧见旧书店，总得小作勾留。我们便在新市场一家旧书店中，勾留了半点多钟，把插架几百卷旧书的标签，差不多一起过目了。小蝶买了一部镇海姚梅伯氏的《花影词》，我也买了海盐词客黄韵珊氏所选的一部《国朝续词综》。出得店门，一路上翻着低哦着，什么"菩萨蛮"啊，"蝶恋花"啊，"巫山一段云"啊，大半芬芳侧艳，都是些销魂蚀骨之词。我正在看得起劲，猛听得近旁有人嚷着道："一个疯人！一个疯人！"我抬头一看，只见一家照相馆前聚了好多人，也不知哪一个是疯人。

当下我好奇心切，定要看他一个究竟，于是把那部《国朝续词综》挟在胁下，排开了人丛，步步揤进。却见那照相馆的玻璃大窗前，站着一个五十多岁的汉子，正对那窗中陈列的相片破口大骂。我弯下腰去偷偷一瞧，见他一张黑苍苍的脸，带着一派英武之气，虬髯戟张，露出血红的两片厚嘴唇，倒很有些像古画中的武士模样。那一头蓬乱的头发，却已白多黑少了。更瞧他身上，穿一身似是蓝宁绸团龙花样的夹袍，只是肮脏不堪，有几处早已破碎，连那团龙都飞去了。上身还穿一件枣红宁绸的半臂，也已敝旧，襟上挂着一串多宝串，叮叮当当的不知是玉是石，又似乎有几个古钱在内。脚下穿的什么，却瞧不见，多分是一双通风的破靴子罢。

我瞧见了这样一个人物，顿觉得津津有味起来，一边端详着，一边便仔细听他说些什么。只见他骈着两个指头，对那玻璃窗中央镜架中一位峨冠佩剑的大将军，指了一下，操着一口京腔骂道："忘八羔子，你今天算得意了么？瞧你这副嘴脸，也没有什么特别之处。一个扁鼻子，瞧了就叫人呕气！像咱老子这样虎头燕颔，可就比你像样得多咧。你在十年以前，又是什么东西，不是和弟兄们一样地躲在一旁嚼油炸脍大饼吃么？任是给咱老子当马弁，老子也不要。只是你会拍马，会杀人，才得扶摇直上，平步青云，居然做起大将军来了。哼哼，瞧你的胸口，倒也花花绿绿地挂满了勋章，倒像真的给国家立了什么大功似的。但老子要问你：你的功在哪里？你可曾出征海外，御过强寇么？你可曾为国家雪耻，夺回过尺寸的失地来么？唉！一些都没有，一些都没有！你们的能耐，不过是自己人杀自己人罢了。咱老子只为不愿意和你们同流合污，才丢了官不做来做我的平民，不然，今天不也是峨冠佩剑，像你一样地把这副嘴脸骄人么？算了，你要是不能为国争光，那老子一辈子瞧你不起，任是杀了老子的头，老子也要骂你。"他骂到这里，略顿一顿，吐去了一大口的唾沫，接着又指那旁边镜架中一个穿大礼服戴大礼帽满挂勋章的肖像，脱口骂道："你这兔崽子，居然也得了意了！平日间奔走权贵之门，朝三暮四，搬弄是非，真是连妾妇都不如。我们中华民国糟到这般田地，一大半就是你们这班政客弄成的。唉，畜生！你拍马拍上了哪一个，今天也做起大官来了。像你这一类人，通国不知有多少！老子可要去请一柄上方剑，把你们这班兔崽子一一砍了，免得害了百姓。"说着，把双手做出拔剑砍头的手势来，又向那两个镜架中恶狠狠地瞅了半晌，方始踱将开去。踱到另一面的玻璃大窗前，负着手，站住了。这窗中大大小小都是些妇女的照片，美的丑的，长的矮的，胖的瘦的，活像一个妇女陈列所。他忽又对着窗中顿足骂道："咄！天杀的妇人！该死的妇人！滚开去，滚开去！你们瞧不上咱老子，咱老子也不要你们！"说完，忙不迭回过身去，三脚两步跑出人丛，一会儿已跑远了。那些照相馆前聚着看热闹的人，也就说着笑着，渐渐散去。我耳中只听得"疯人疯人"的声音，知道大家都公认他为疯人。但我听了他那番话，却好像看《红楼梦》看到焦大怒骂一节，兀自觉得痛快，认定那人并不疯，实在是个伤心人啊。

我找小蝶、红蕉时，却已不见，料知他们早已回旅馆去了。正待走开，却见照相店里一位老者，正在和伙计们议论那个疯人。我便走进去挑买几张西湖上的风景照片，作为进身之阶。当下搭讪着问那老者道："老先生，敢问刚才那个疯人，毕竟是什么人？"那老者答道："这人是个北边人，流落江南已好多年了。听说他先前做过高级军官，精通兵法，曾立过战功。一天不知受了什么感触，忽把官丢了，解甲还乡，困守了多年，一事不干。他家中有一妻一妾，过不惯清苦的日子，都悄悄地离了他，别寻门路去了。他到这里来时，就是这样疯疯癫癫的，动不动在街上骂人。但因并没有动武伤人等事，警察也不便干涉他。他独往独来，倒也自由自在，此人真有些古怪呢。"我道："然而他每天总不能不吃的，他又仗着什么吃饭啊？"那老者道："听说他还有一个老仆，甚是忠心，在这里衙门中当差，天天送饭去给他吃的。"我既知道了这些来历，也不便多问，便谢了那老者，走出照相馆来，信步向湖滨蹀去。

这夜正是三五月明之夜，湖上月色很好。雷峰塔笼着清辉，仿佛老僧入定，当得一个静字。那时听得一声清磬，从水面上送来，直打到我心坎中，我便想起那照相馆前的疯人。在湖滨立了一会，见众山如睡，也不由得要想睡了，于是离了湖滨，踱向旅馆。忽听得沿湖一带黑暗中，有人朗朗地唱起戏调来。一听是伍子胥过昭关一折，唱得沉郁苍凉，泪随声下。唱完之后，忽又接上一声长笑，笑得人毛发俱戴。我暗暗点头，心想这一定又是那照相馆前的疯人了。

（原载《半月》第4卷第7号 1925年3月24日出版）

西市辇尸记

西市者，犹俗称洋场之谓也。夫以纷华缛丽之洋场，而忽有伏尸流血之惨事。寡妇孤儿，哭声动地，谁实为之，乃至于此？吾草斯篇，吾心滋痛已。

最后的一抹斜阳，下去已半点多钟了。天空中黑魆魆地，似乎遮上了一重黑幕。壁上的一架挂钟，铿铿地报了七下，屋中所有电灯都霍地旋明了。那黄金色的灯光，从玻璃窗中透送出来，似乎含着无限乐意。客堂中一盏璎珞四垂的电灯下，写出两个人影。一个是二十一二岁的少妇，一个是五十左右的中年妇人。

　　那中年妇人望了望壁上的挂钟，说道："此刻已七点多了，松儿怎么还不回来？这十天来，他不是每天六点钟就回家么？"少妇道："是的，他今天也许店中有事，所以回来得迟了；但我们可唤王妈先端上饭菜来，等着他，谅来他一会儿也就来咧。但婆婆肚子饿了，请先吃罢。"说着走到屏门旁，莺声呖呖地唤道："王妈，你先把饭菜端上来，给太太盛一碗饭。"那中年妇人做着很慈祥的笑脸说道："新奶奶，你也尽可先吃，不用等他，他万一在外面吃了回来，可不是白等么？"少妇摇头道："不，我不饿，多等一会不打紧。"

　　这当儿那花白头发的老王妈，已端了一盘热气腾腾的饭菜，到客堂中来，直到那八仙桌旁。少妇急忙站起身来，助着老王妈把盘中四样菜端在桌上，含笑说道："今天这四样菜，冬瓜火腿汤，黄瓜炒虾，咸蛋墩肉，卷心菜，都是他爱吃的。今晚回来，又得多吃一碗饭了。"说时，从一个小抽斗中，取出一双银镶象牙箸来，抹了又抹安放在空座前面，又放了一只银匙，心中一边很恳切地等伊丈夫回来。可是伊们新婚以来，不过半月，正在甜蜜蜜的蜜月之中。一块儿用晚餐，原是一件极寻常的事，只为新婚燕尔，倒也瞧作日常的一种幸福。况且丈夫在早上九点钟出去，午饭是在店中吃的，到此时已足足有十一个钟头没见面。等他回来时同用晚餐，载言载笑，觉得分外的有味。

老王妈又端上一碗饭来，说道："太太先吃罢。"中年妇人道："松儿就得回来，我也不妨等一会。"少妇忙道："婆婆请先吃，吃着等也是一样。"伊婆婆一边吃饭，一边笑说道："新奶奶，你过门不过半个月，怎么已知道松儿的口味了？"伊也带笑答道："这是他前晚对我说的。一年四季他所爱吃的菜，我大概都有些知道了。"一面这样说，一面望着钟，估量伊丈夫此时总已在路上，正催着那黄包车夫拉得快，不一会可就叩门咧。

正在这时，猛听得一阵叩门之声，来势甚是急促。伊心中一喜，亲自赶出去开。门开处，却气急败坏地撞进一个人来，没口子地嚷道："不——不好了，不——不好了！你们柴先生被人打死了。"伊立在一旁，暗暗好笑，想哪里来的冒失鬼，喝醉了酒，好端端赶来咒人。

此时那老太太却已认明来人正是伊儿子商店中的一个伙计，便立时放下饭碗，赤紧地问道："你怎么说，可是我儿子身上出了什么岔子么？"那伙计喘息着答道："是啊，柴先生死了，是被人打死的。还是三点多钟死的。我们先还不知道。只听得市上闹了个很大的乱子，说什么外国巡捕放枪，死伤好几个学生罢了。柴先生是三点钟出去接洽一笔进货的，谁知等到六点钟，还不见他回来，心知凶多吉少，怕也死于非命。店中便派我出去一打听。据说死的都已送往验尸场去了，我再赶往验尸场一瞧，果然见几具死尸，柴先生也在其内。"老太太听到这里，放声哭了；伊也惨叫了一声，斗的晕倒在地。可怜那牙箸银匙，还空陈在桌子上，而他所爱吃的咸蛋墩肉、冬瓜火腿汤，已渐渐的冷了。

晓风残月，伴着这新婚半月的小寡妇，披麻戴孝，凄凄惶惶地赶到验尸场去。那昨晚报信的伙计自也陪伴伊同去。经过了一番请求的手续，许伊领尸回去。可怜伊昨夜已痛哭了一夜，眼泪早哭干了。此时眼瞧着那血渍模糊、口眼未闭的丈夫，只是一声声地干号。伊唤着他的名字，摩挲着他冰冷的面颊，又不住地问道："为什么要杀死他，他有什么罪？"然而验尸场中只陈着死人，四下里鸦雀无声，无人作答。

那伙计很会张罗，不肯怠慢了死后的掌柜先生，出重价租了一辆轿式汽车来，载着那尸体回去。伊坐在车中，抚着这亲爱的丈夫，还是一声声地干号着。他那脑府中，像影戏般映出一个印象来。那天是在半月以前，他们在大旅馆中行过了结婚礼，同坐着那花团锦簇的汽车回家去，不是也像这么一辆汽车么？伊捧着一个花球，低鬟坐着，鼻子里闻着一阵阵的花香，沁入心坎，正和伊的心一样甜美。车轮辘辘地碾动，似乎带着无限的幸福，随伊同去。伊在绿云鬟下，斜过星眼去偷瞧他时，见他正目不转睛地对伊瞧着，真个春风满面，快意极了。接着又觉得他伸过手来，握住伊的纤手，又凑近耳边来，柔声问道："你辛苦了一天，可觉得乏么？"伊娇羞不胜的，回不出话，只微微摇了摇头。伊想到这里，吃吃地笑了。便又斜过星眼去，偷瞧伊身旁的新郎，却见已变做了一具血渍模糊的尸体，张着口眼，甚是可怕。伊狂叫一声，扑倒在尸体上，又放声问道："为什么要杀死他，他有什么罪？"然而市街中车马奔腾，无人作答。

總帐高悬，陈尸在室。尸身上袍褂鞋帽，都已穿着好了。早哭坏了个慈祥的老母，只对着伊爱子之尸作无声之泣。那半个月的新妇，也早已哭得死去活来，疯疯癫癫地伏在尸身上，不肯离开。还凑近了那灰白的死脸，嘶声问道："你出去了，早些儿回来，我们等着你吃夜饭的。你想吃什么菜，咸蛋墩肉、冬瓜火腿汤，好么？"伊见他默然不答，才知他已死，便又放声哭了，一边哭一边问道："为什么要杀死他，他有什么罪？"然而只听得鼓吹手的鼓吹声，赞礼人的赞礼声，闹成一片，终于无人作答。

一阵鼓吹声中，棺木已来了，庭心里堆着草纸石灰，已有一行人忙着料理入殓的事。伊一见了那棺木，呆了一呆，忽又嚷起来道："怎么怎么，你们可要抢我的松哥去么？这是我死也不答应的。"因便抱住了那尸身死不放，入殓的时刻已到，一般亲友都来扯开了伊，入到内室中去。十多人拥住了，不给伊出去。伊听着那丁丁钉棺之声，铁钉子好似打在伊心坎上，直把伊的心打碎了。伊顿着脚，握拳打着墙壁，声嘶力竭地呼道："为什么要杀死他，他有什么罪？"然而丁丁钉棺声中，夹着老母呜呜的哭声，终于无人作答。

可怜这半个月的新妇，从此担着绵绵长恨，一辈子消磨过去，更不幸的伊已变做了一个疯妇，镇日价歌哭无端，嘿笑杂糅，完全在无意识中过着生活。而伊所念念不忘的，便是那半个月的新婚艳福，深刻在心版上，最容易唤起伊的回忆来。伊兀自像学生温理旧课般，一一从头温理着，有时独坐绿窗之下，便一个人做着两人的口吻，娓娓情话，或是谈些家常琐事，倒像伊那亲爱的丈夫仍在身旁一样。每天也像先前那么，唤丈夫点菜，把他平日所爱吃的菜去报与婆婆知道。一到晚上客堂中电烛通明，伊就又在空座前安放着牙箸银匙，等丈夫回来同吃。往往一个人言笑晏晏，非常高兴，只惹得伊婆婆不时地伤心落泪罢了。有时伊神志清明了些，见了伊丈夫的灵位，便恍然大悟。伊知道那亲爱的丈夫早已饮弹而死了，于是伏倒在灵案之下，哭着嚷着道："为什么要杀死他，他有什么罪？"然而死的早已死了，活着的人管不得许多，终于无人作答。

伊积恨为山，挥泪成海，过了三个月哀鹣寡鹄的光阴，竟郁郁地死了。临死时，伊握着双拳，撑着两个干枯的眼睛，怒视着天半，放声呼道："为什么要杀死他，他有什么罪？"然而上帝无言，昊天不语，又终于无人作答。

（原载《半月》第 4 卷第 15 号 1925 年 7 月 21 日出版）

烛影摇红

W城自被围以来，已半个多月了。城中的守兵，都是些幽并健儿，由N军中一个愚忠耿耿的老将统率着，死守这落日孤城，兀自不肯投降。虽有一般人眼见得城已危在旦夕，终于不能守了，劝他偃旗息鼓，好好地降了S军，一方面既保全了残军的性命，一方面也使枪林弹雨中的苦百姓得了救，岂不是两全其美。他们还愿意多多地贡献些金银玉帛，做那和平解决的代价咧。但那老将却执迷不悟，斩钉截铁的，一定不肯屈服下来。他说老夫奉主帅之命，死守着这座危城，城存俱存，城亡俱亡，万万不愿做降将军。谁敢逼我的，只要他有本领，请取了我这脑袋去，不然便教他看看我的宝刀。说客们经不得这一吓，一个个都吓退了。于是他老人家整理了他那百战余生的一万残兵，将几个城门牢牢守住，城墙上也团团守着兵士，备着炸弹，架着机关枪，把这W城守得像铁桶相似。

　　S军都是血气方刚的青年，本抱着"直捣黄龙与诸君痛饮"之志，如今见N军深沟高垒，顽抗不降，可就着恼起来。仗着他们新占据了邻近一座H城，有居高临下之势，便尽着把大炮轰将过来，日夜连珠似的轰轰不绝。一面又派了飞机，像苍鹰般在半空里盘旋，随时掷一个炸弹下来。可是炮弹和炸弹没有眼睛，N军并没受多大损失，偏又苦了许多小百姓。有的轰死了爸爸，有的炸伤了妈妈，有的吓疯了弟弟妹妹，弄得骨肉飘零，家庭离散。有的把住着的屋子给轰成了一片白地，累累如丧家之狗，无家可归，真的是可怜极了。

　　P门内一条L街，是炮火最烈的所在。街上的商店和住宅，差不多已轰去了十之五六，到处颓井断垣，伤心触目。在那瓦砾堆中，还可以看见一条腿，一条臂，或一个烂额焦头，露出在外。原来他们来不及逃出，被炮火连带轰死在内的。便是大街之上，也随处陈着残缺不全的尸体，血肉模糊，十分可怕。只为无人掩埋，天天日晒雨淋，发着恶臭。那些猫狗也不幸生在乱世，再没有鱼屑肉骨可吃，饿得没做理会处，可就不得不吃这些不新鲜的人肉了。那时 L 街上一条巷中，有一家大户人家，叫作黄大户。他们是啬刻传家，好几代代代如此，所以拥了一百多万的家产，竟不大在外流通，只是积谷满仓，积金满箧，都保守在家门以内。那位主人翁黄守成，确是个十足的守成之子，遵奉先人遗训，整日价躺在家里抽鸦片，看守家产。此外就舍不得再有花费，任是早上吃一碗大肉面，也得打着算盘算一算的。这一次战事起时，有几家亲戚都迁移到别处去了。当初也劝他们早自为计，叵耐黄守成啬刻性成，生怕迁移时又要花费好一笔钱。而这么一所偌大住宅，无论一砖一瓦，都很爱惜，也是万万抛撇不下的。加着他平日这对于 N 军甚是信仰，以为旗开得胜，马到成功，料不到会一败涂地，使这Ｗ城陷于被围的地位。

就这么一二夜的工夫，Ｎ军被Ｓ军冲破了阵线，竟翻山倒海似的退下来，一径退入城中。仗着Ｗ城四面都是高高的城墙，急忙把各城户一齐关住，架了枪炮，总算把Ｓ军挡在城外。另有一部分Ｎ军，却折损了无数军马，仓仓皇皇地退向北方去了。黄守成这时要逃已逃不得，只索像Ｌ将军一样地死守。好在他家屋子大，围墙高，门户又坚固，只须炮火不来光临，此外强盗溃兵，都可不怕。于是外边的风声虽急，谣言虽大，而他却好似被铜墙铁壁保护着，自管抽着鸦片，过他烟霞中的生活。

Ｓ军见Ｎ军死守着一座Ｗ城，困兽犹斗，大有坚持到底的样子，他们恨极了，决计要攻破了Ｗ城，来一个瓮中捉鳖。当下召集了敢死队，演讲一番，便分成几组，开始总攻击了。那天半夜子时，敢死队分做了好几十班，每班由二人抬了一乘梯子，八人掩护着，每人都执着一支驳壳枪和一颗手榴弹，都向着城墙拼命前进，直到城下。但他们一路前去，城上守兵没命地把机关枪向下面扫射，牺牲了不少的人。但是死的死了，活的早又继续上去，毕竟有好多架梯子直竖地竖在墙上。那些不怕死的军官军士，都争先恐后地向上爬去，那城上的守兵，不敢怠慢，便乱掷炸弹乱开机关枪抵敌。一时弹雨横飞，硝烟四布，可怜那些一身是胆的健儿，有的没爬上梯子先就倒地而死，有的爬上了一二级就跌下来，有的爬到了中间，蓦地中了弹，尸体便悬搁在梯格的中间。每一乘梯子下边，总得积着无数尸体，一堆堆全是模糊的血肉。而后来的人，仍还勇气百倍地踏着尸体爬上去，然而能爬到梯顶的，却不过五六人。这五六人又因墙高梯短，不能爬上城墙。内中有一二人仗着好身手，竟爬上墙了，便用手榴弹和驳壳枪击死近身的敌兵，但因后方没有人接踵而上，终于吃了敌弹跌下城墙去了。最壮烈的是一个营长，他奋勇先登，竟达到了梯子的顶上，口中只喊了一声"Ｓ军万岁"，而墙上一弹飞来，恰中了他的要害。这时他身上已受了好几处伤，还是攀住着墙死不放，军士们见不能接近梯子，便一个个叠肩而上。谁知那无情的炸弹和机关枪纷纷乱放，一行人都靠着梯子跌下去了，这一下子死伤了Ｓ军好几百人，血儿几乎染红了Ｗ城半堵城墙。

S军见爬城无效，便又利用飞机抛掷炸弹，又在H城中开大炮轰将过来，毁了无数屋子。全城时时起火，有一带热闹市场，几乎烧去了一半。数百年辛苦造成的大都会，很容易地随时破坏。受那炮火的洗礼，黄守成所住的L街，也已葬送了半条。所幸他的私产M巷，却还没有殃及。M巷中本有十一二户人家，除迁往别处去的以外，还剩有五六户，都因听信了房主黄守成不打紧的话，因此蹉跎下来。如今处在这水深火热的境界中，急得什么似的，不免要抱怨黄守成，都为他爱了房钱，才使他们如此捱苦。到得炮火最烈的当儿，便索性寻到黄氏门上来，要求守成保护他们。黄守成也因家里人口不多，而屋子很大，在这乱离时代，便觉得冷清清阴惨惨的，一到晚上，常听得鬼哭。如今落得慷慨，让那些房客们进来同住，好热闹些儿。不过他有一个条件，凡是进来的，都须自备铺程伙食，到得食粮尽时，再行设法。大家一致赞同，那五六户房客当日便把值钱的东西以及铺程伙食，都搬到黄家来，只剩下些粗笨木器，就请铁将军把门。

　　黄守成的屋子，前后三进，共有好几十间房间。那

　　　　　落花怨

五六户房客一起有二十多人，住了几个房间，还是绰绰有余。黄守成自受了这回战祸的打击，脾气倒改好了不少，平日间他除了以一灯一枪一榻作伴外，亲戚朋友，差不多不大见面的，如今倒和那些房客们很合得来，一块儿谋安全的方法。他们把外面两扇大门和后门边门都堵塞住了，门上贴了迁移的字条，又警戒全屋子的人少做声音，小孩子更不许哭泣，务必装得像没有人居住的样子。火灶暂时不用，改用炭炉，以免烟囱中炊烟外冒，被人觑见。无论上下人等，绝对的禁止出外，窗上全糊了纸，不能外望。至于粮食一项，合在一起筹算，尽可支持半月。这么一来，他们倒也像那 L 将军一样的死守孤城了。

　　每天晚上，大家都聚在大厅中，闲谈解闷。电气早断了，只点着一支蜡烛，烛影摇红，照在他们憔悴的脸上，都现着一派忧虑恐怖之色。唯有那些未经忧患不知愁的小孩子们，还在憨嬉笑跃，听了那砰砰訇訇的枪炮之声，只当作新年的爆竹声咧。黄守成心中忧急而表面上安闲，他还是躺在红木杨妃榻上抽着鸦片，想起家里盈千累万的珍宝钱钞，不曾带得一丝一毫出去，虽然这所在目下前后堵塞，装作空屋样子，不致有什么强盗式乱兵前来打劫。但那 S 军的大炮弹万一轰将过来，那就免不了玉石俱焚，连一家性命都不保咧。但他虽是这么忧急着，而一面仍闲闲地安慰家中妻小和房客们道："你们不要着慌，我们守在这里是很安全的，只指望半个月后，兵事解决，城门一开，那我们仍可过太平日子了。"大家听了，以为大财主的话总不错的，面上便略有喜色，而那些妇女们都南无着手，不约而同地连念阿弥陀佛。

　　S 军见 N 军既不肯投降，商人等奔走说项，希望和平解决，也仍是不得要领。虽常派飞机到来抛掷炸弹，而 N 军中有高射炮，也很厉害，有时倒反损失了自己飞机。大炮的力量，也不过轰去几间民房，引得城中有几处起火，此外没有多大的效力。没奈何便用封锁江面的方法，禁止船只往来，断绝城中一切食粮的接济。这一着可就凶了，W 城中有二十万人民，全都起了恐慌。先还把白米当做粒粒珍珠似的，不敢煮饭，只煮些粥儿吃吃。末后这珍珠完了，连粥也没得吃。还有那些城墙上死守的饿兵，瘪着肚子不能打仗，不得不取给于民间。于是民间更痛苦了，凡是可以装饱肚子的东西，罗掘一空，全城猫狗都做了牺牲品，鸡鸭早已绝种，连鼠子也不大看见了。草根树皮，都变做了席上之珍，只差得没有吃人罢了。可怜全城的饿人，都饿得面皮黄瘦，眼睛血红。有捱不下饿的，先就在刀上、绳上、河里、井里寻了死路。不肯寻死的，也终于饿死，每天总要饿死好几百人，街头巷口都有些人跌倒在那里，这真一个人间的活地狱啊。

黄守成以为再守半个月，总可以解决这回战祸了。谁知半个月一瞥眼过去，依然如故。L将军捱着饿，还在那里死守，说我有一口气存在，定要厮守到底的。可是黄守成的食粮已断绝了，那些房客们的伙食，不过支持得四五天，这十天来全是吃黄守成的。黄守成虽然肉痛，也无可如何，到此眼见得大家要捱饿了，家中虽有盈箱的珠钻宝石，无数的金银钱钞，竟不能当作粥饭吃，装饱他们的肚子。没奈何只得派一个下人揣了二百块钱，悄悄地由边门中出去，上街去买米买菜。谁知踏遍了个W城，却一些都买不到，仍是原封不动地带了二百块钱回来。这一下子可把黄守成他们急死了，眼看着珠钻宝石，金银钱钞，只索生生地饿死。

夜夜烛影摇红，照着这一片愁惨之境。他们已五天未进粒米了，只借着水充饥。小孩子们饿得哭也哭不出来，倒在地上呻吟。有一家房客的八十岁老太太，捱不过去，只余奄奄一息。这一夜连蜡烛也剩了最后的一枝了，明夜不知如何过去。内中有几家已怀了死志，预备过这最后的一夜，一等到天明时，便与世长辞了。这夜全屋子的人，一起都聚在大厅中，守着那枝最后的蜡烛，看他一分分短将下去。那时除了呻吟和愁叹声外，谁也说不出一句话。夜半过后，烛已短了一半，黄守成抱着他两个呻吟不绝的儿子，呜咽着说道："想不到我黄守成，拥着百万家产，今天竟一家饿死在这里。唉，我深悔平日间抹掉了良心，积下这许多不义之财，临死时，还得向上天忏悔一番，求他老人家格外超豁，不要把我打倒十八层地狱里去。"那些房客们听了黄守成忏悔的话，都不由得心动，各自想起生平的罪孽来。当下有一个姓徐的房客长叹了一声道："唉，早知有今日的一天，我又何必夺人之爱呢。我的妻在未嫁我时，本来爱着一位很有希望的书生，两下里已有了白头之约。我因见伊貌美，仗着和伊家是多年邻居，便劫持着伊的父母，硬把伊娶了，累得那书生远走高飞，心碎肠断而去。而我妻嫁了我，也兀自郁郁不乐，那花朵似的娇脸，早一年年地憔悴下来。唉，我可葬送了伊的一生咧。"他这样说着，壁角里一个妇人，背着烛影，嘤嘤地啜泣起来。当下又有一位姓洪的老者也眼泪哽塞了喉管，接口说道："徐先生，你说起了这婚姻的事，我也抱疚于心，一辈子不能忘怀。我大女儿阿雪，伊原是个绝顶聪明的女子，由中学毕业后，有一个女同学的哥子求婚于伊，伊也爱上他了。临了儿来要求我答应伊们俩的婚姻，我因女孩儿家擅作主张，私定终身，不由得大发雷霆，绝对不答应伊的要求。伊羞愤已极，整整痛哭了一日一夜，第二天竟投缳而死。至今想来，我那阿雪死后突眼吐舌的惨状，还历历如在目前。我犯了这样的罪恶，活该今天捱受这种死不得活不得的痛苦啊。"大家在烛光中瞧见他那张皱纹重叠的脸上，湿润润地全是泪痕。这当儿人人知道自己去死不远，都扪着一线未绝的天良，将平生罪恶供招出来。有不孝他父母的，此时便跪在二老跟前，叩头求恕。有妇人平日间不管家事，得丈夫血汗换来的金钱胡乱挥霍的，到此也哭着向丈夫陪话，数说自己种种的不是。总之在这大限临头万念俱灰之际，人人都想返璞归真，做一个完全的好人，去见造物之主。

蜡烛一分分短下去，只剩了三分之一。蜡泪和人泪同流，连光儿也晕做了惨红之色，照着这二三十个将死未死的饿人，东倒西歪的，真好似入了饿鬼道中。一会儿忽有人放声哭了起来，原来那只余奄奄一息的八十岁老太太，已先自和这惨苦的世界告别了。黄守成忙喝止那哭的道："哭什么，老太太好福气，先走一步，我们还该庆贺一番才是。"于是哭的不哭了，大家只是惨默不语。

烛影摇红，可也红不多时的。到得蜡完时，焰熄了，光也灭了。大家在那蜡烛摇摇欲灭最后的一刹那间，禁不住都低低地惊呼了一声，仿佛他们身中的活火与生命之光，也随着这蜡烛同时熄灭了。那时天还没有亮，他们都伏在黑暗中，呻吟的声音，渐渐提高，此唱彼和的，蔚成了一种悲惨的音乐。

好容易捱过了两点钟光景，一缕晨曦，才从东方的天空中吐了出来。黄守成斗的从杨妃榻上跳起来道："咦，我还没有死么？"其余的人有哭的，有呻吟的，也有一二人狂笑的，那简直是疯了。他们正在略略动弹的当儿，猛听得门外起了一片欢呼之声道："兵退了，兵退了，城门开了，城门开了。"黄守成第一个听得清楚，喊一声奇怪，疾忙赶到一扇窗前，揭开了窗纸向外一望。果然见巷外大街上有许多人在那里狂跳狂喊，似有一派欢欣鼓舞的气象。他长长吐了一口气，自知这一条价值百万的性命，已得了救了。于是回过来向大众说道："兵退了，城门开了，我们的性命也保住了。快快开了门，大家各自回家去。你们在我家里住了好多天，也吃了我好几天，这笔账回头派账房来算罢。"当时那姓徐的也霍地跳了起来，揪住了他妻子一把头发，吆喝着道："回家去，回家去，服侍我洗脚要紧。"那个姓洪的老者，也笑逐颜开地拉了他小女儿的手，说道："好好，我们又可活命了。过一天我便同你拣一个丈夫，好好地嫁你出去。但你要是自己去拣丈夫，那我可不答应的。"那时那先前叩头求恕自称不孝的好儿子，也抛下了他父母，跳跳踪踪地跑出大门，寻他们的淫朋狎友去了。而先前向丈夫数说自己种种不是的妇人，也满心欢喜，打算日后如何地约着小姊姊们，舒舒服服打他三夜的麻雀咧。

身中的活火又烧起来了，生命之光又渐渐地明了。他们早忘了那烛影摇红的恐怖之夜，他们早忘了那烛影摇红的最后一刹那间。

（原载《半月》第 1 卷第 21 号 1926 年 10 月 7 日出版）

亡国奴家里的燕子

我是一只燕子，我是一个中华民国亡国奴家里的燕子。

我在我主人家的梁上做窠，一连已十年了。年年的春分前后，我总同着我的妻飞回来，衔泥负草，修补我们的窠，哺育我们的儿女。我们来来去去，甚是快乐。闲着没事时，便在庭中回翔，或是啄那地上的落花。我主人家里，从八十岁的老太太起，到一个五岁的小官官，全和我们感情很好。还有一位十四五岁美貌的姑娘，往往抬高了粉脖子对我们瞧，嘴里则则地娇唤着。瞧她两边颊上堆着两个笑涡儿，好似贴上两片玫瑰花瓣似的，好美丽啊！

这样过了十年，我们直把主人家当做一个安乐窝了。每天和我的妻双栖画梁上，相对呢喃时，便也做出一派和乐的声音。我们还暗暗地祝颂主人家多福多寿，长享太平之乐，我们也可永久依附他们，一年年很安乐地过去，不致有无家之苦咧。

谁知这近几年来，我们主人家的情形，却忽然有了变动了。先前他们一家快快乐乐的，只听得笑声、牌声、丝竹声、悲婀娜声。现在霍地一变，变做了叹息之声，不但是主人愁眉不展，连那主人的女儿也黛眉双锁，再也不见那贴着瑰花瓣似的笑涡儿了。常听得他们说什么五月九日国耻纪念啊，又夹着什么二十一条二十二条的话。主人的儿子从学堂中回来，擎着一面五色国旗，也咬牙切齿地嚷嚷着道："抵制日货！抵制日货！只有五分钟热度的，便不是人，是畜生！"瞧他红涨了脸，愤激得什么似的，我们在梁上呆看着，也不知道是怎么一回事。

第二年春分后，我和我的妻依着年年老例，重又飞到主人家画梁上来了。哪里知道刚到门口，就大大吃了一惊，原来那两扇黑漆铜环子的大门，有一扇已跌倒在地，屋子里也腾着一片哭声骂声呼喊声。我们诧异着，一同飞到里面，见我们的故巢已打落了。有许多恶狠狠的矮外国兵挤满在客堂中，都握着枪，枪头上插着明晃晃的刀。有几柄刀上，却已染了紫红的血迹。

我张着眼寻主人时，见他蹲在一面壁角里，被一个握着指挥刀的矮外国人揪住了。听得他强操着中国话，不住地骂着道："亡国奴！亡国奴！"到此我才明白，原来中华民国已亡了，我的主人已做了亡国奴，我便是中华民国亡国奴家里的燕子了。

这时我好生悲痛，止不住掉下几滴眼泪来。我这几滴眼泪，恰掉在客堂外阶沿的一角，这阶沿的侧面，正有一个十四五岁的孩子躺着。我仔细瞧时，顿时吃了一吓，原来见他胸口开了一个碗儿大的创口，血还不住地流着，不用说早已死了。他的两眼怒睁着冒出血来，颊上凝着两滴冷泪，也带着红色。他的两手中还紧紧地握着那面五色国旗，死也不放，手背上的肉，却已被刀尖剁得烂了，一片模糊的血肉，把那黄蓝白黑的颜色也染红了。可怜啊！这便是我们中华民国的国旗。

我正哭着，吊我的小主人。猛听得里面起了一片尖锐的怒骂声，我即忙抹了抹眼泪向里面望去，陡见四五个矮外国人嘻皮涎脸地挟住了一个女郎，从内堂出来。我瞧这女郎时，不是我主人的女儿是谁？唉！她不是一个金枝玉叶的千金小姐么？怎么给那些矮人们如此轻薄？我心中虽想给她打不平，却又无可奈何。那时但见她没命地挣扎着，一边不住口地骂。可怜她究竟是一个弱女子，一会儿竟晕去了，好像一朵无力的海棠，倒在一个矮人的臂间。呀！天杀的！……天杀的！……竟做出这种该死的事来么？……呀！……四五个矮人……竟……竟……

我不忍再看，疾忙回过身去，同我妻飞上西面的屋脊，一颗小心儿几乎要炸裂了。我妻也悲愤万分，扑在我肩上，抽抽咽咽地哭道："亡了国，竟有这样的苦痛么？可怜的亡国奴！可怜的亡国奴！"我说不出话来，只在屋脊上跳来跳去，一边哭，一边痛骂那万恶的矮外

172　　　　　　　落花怨

国人。

正在这当儿，忽又听得客堂中怒吼一声，似是我主人的声音。我即忙瞧时，却见主人打倒了那握指挥刀的矮外国人，从壁角里跳将出来，去救他的女儿。说时迟那时快，猛听得砰砰几响，五六个弹子都着在我主人身上，立时把他击倒在地。我震了一震，正待飞起，忽又听得我身边嗖的一响，可怜我的妻一个倒栽葱，从屋脊上掉将下去，原来是中了流弹了。我急喊一声，飞下去瞧时，早躺倒在地没了气息。

我痛哭了一场，也不愿再见那些矮外国人作恶了，便没精打采地飞了开去。可怜我主人国亡家破，我也弄得无家可归，连我亲爱的妻，也为这残破的中华民国牺牲了。

明年春上，我勉强压住了悲怀，再来瞧瞧我主人的家可变做了什么样子。只见那屋子已装修一新，门上挂着一面太阳的旗子。我不忍再进去，料知我往时做窠的所在，早已变做别姓人家的新画梁了。我含悲忍泪地一路飞开去，心想古人有"呢喃燕子，相对话兴亡"的话。如今我孤零零地，还有谁和我相对啊？飞过人家屋脊时，听得麻雀们唧唧叫着，似乎也变了声口，改说外国话了。更张眼向四下里瞧时，但见斜阳如血，照着那中华民国的残水剩山，默默无语。

（原载《半月》第 2 卷第 17 期 1923 年 5 月 16 日出版）

附 录

大 义

麦克昔姆高甘[①] 原著（俄）

高甘小传

麦克昔姆高甘（Maxime Gorky）真名曰潘希高夫（M.A.M.Pyeshkof）。以一八六八年三月十四日生于尼尼拿夫高洛（Nijni Novgorod）。读书既成，颇

[①] 今译为高尔基。

事浪游。数年间流转工作，不名一业。尝为稗贩，为厮役，为园丁，为船坞工人。时复无业，为浪人。居恒好杂处于俄罗斯贫民苦工及下流社会中，撷拾闻见，著为说部。故其所作，多为无告小民请命者。有《麦加区特拉》（Makar Chudra）、《哀密良壁勃甘》（Emilian Pibgai）、《乞尔加希》（Clelkash）、《托斯加》（Toska）、《麦尔佛》（Malva）、《同伴》（Comrades）、《间谍》（The Spy）诸书，均名。外此，又有短篇小说三卷及剧本一种。其人尚存，今仍从事于著述如故。

　　这镇儿被那敌人们团团围住，一连已好几个来复唎。晚上总烧着烽火，那一双双血红的眼儿，都从城墙上的黑影中射将出去。烽火的光儿，熊熊四照，分明在那里警告镇中的人，唤他们准备杀敌。只大家的心中，都觉惨恻不乐。从城墙上望下去时，眼见得敌人的包围，已一步紧似一步。火边人影幢幢，兀在那里动着。还有那战马嘶风的声音，和刀枪相戛的声音，也隐约可闻。最难堪的，却是听那敌人们高歌欢笑之声，仿佛这得胜之券，一定操在他们手中的一般。

那碧水粼粼的小溪，本来是供给镇中人饮水的，此刻却被敌人们装满了尸体。四下里的葡萄园，都被烧毁。那些稻田谷田，都被践踏。邻近所有的树木，都被砍去。使这镇儿四面，一些儿没有屏蔽。一天天还把那枪弹炮弹，不住地送进城来。镇中的兵士，时时冲锋，大半已很疲乏，且还捱着饿。在那狭窄的街道中趄去，人家窗中，总腾着伤兵呻吟的声音、病人狂咦的声音和妇人小孩子们祷告哭喊的声音。大家说话时，总把嗓子压得低低的。话儿没说完，彼此却又截住了。侧耳屏息着，听那敌人们可来进攻没有？到了夜中，益发使人难堪。因为万寂之中，那呻吟哭喊的声音，更觉响朗。每逢黄昏时候，那一抹青黑色的影儿，从远处山谷间散现出来，淹没了那敌人们的营帐，移到这残毁过半的城墙上。接着就有一丸冷月，在那漆黑的山顶上涌现。月光也碎缺不全，好像一面盾牌，曾被刀儿乱戮过的样子。

镇中人竭力御敌，又疲又饿，一天失望一天，也不想外边有救兵到来救援。大家只惴惴地望着那半天上一丸冷月，又望那尖尖的山顶和黑黑的山谷，又望那敌人们歌呼声喧的营帐，瞧去似乎都带着死兆，使人生怕。瞧那碧空中，又一颗明星都没有。到此简直没一种光景，足以安慰他们的。人家屋中，也不点灯火，怕给敌人们瞧见了，当作枪靶。街道中罩着浓雾，并没一丝光线。就这浓雾里头，却有一个妇人，好像鱼游河底一般，悄悄地在那里往来踅着。从头到脚，裹着一件黑衣。大家一见了她，便彼此相问道："可就是她么？"有人答道："正是她呢。"说时，一个个缩入门口。有的也低着头儿，一声儿不响地掠过了她，一溜烟逃将开去，仿佛遇了鬼的样儿。那时斥候队的队长便放着一种庄严的声音，向那妇人说道："蒙那玛利那，你又到街上来了，你可仔细着，他们都要杀死你。你死了，人家也没一个替你去找凶手呢。"那妇人直挺挺立着，倒像等他们下刀厮杀似的。但那斥候队却并不杀她，只当她是个尸体，兜了个圈儿走了。那妇人却依旧在黑暗中彷徨着，慢慢儿地走过了这条街，又到那条街上。到处凄凉黑暗，很像表示这镇中的不幸。她的四边，仍是荡漾着一片呻吟哭喊祷告的声音，其间还杂着兵士们谈话之声，听去也没精打采的，分明已没有战胜的希望咧。

　　　　　　落花怨

这妇人也是这镇中的一分子，膝下且还有着儿子。她的一意一念，都在儿子身上。只也很爱这生长之地，正和爱自己儿子一模一样。她那儿子是个俊秀快乐的少年，但可惜他没了心肝，走入邪道，此刻正带着一班叛逆之徒，打算攻毁他的故乡呢。可怜他母亲一向瞧着儿子，满现出那种傲然自得之色。想我须得把这一件无价之宝，送给祖国做礼物，借着这替自己和儿子生长的故乡，出一番死力，保全镇中的安宁，使大家都享受无穷的幸福。可是她的心直和这镇中的古石土地，打了几百个固结不解的结儿。那些古石，即是她祖上用了造屋子筑城墙的，那土地即是她列祖列宗生时立足死后埋骨的。不但如此，就是这镇中的故事歌谣，也刻刻系在她心上，不能忘却。然而如今她那心儿，已失掉了她最亲爱最宝贵的儿子，平白地分做了两爿。一半儿还贮着爱子之情，一半儿便贮着爱国之念。两面称量，也不知道谁轻谁重。此时她怀着满腔子悲慨哀痛，兀在街上往来彷徨着。大家见了她，都大大地吃惊，似乎见了死神的一般。有认识她的，便也避路不迭，不愿瞧那卖国奴的母亲。

有一回，她在城墙的一个冷壁角里遇见了个妇人，正长踞在一具尸体旁边，把脸儿向着天上明星，不住地在那里祷告。她当头的墙上，有许多守兵悄悄地讲着话，枪儿触着墙石，戛得铿锵作响。这卖国奴的母亲见了那妇人，便开口问道："这死的可是你丈夫么？"那妇人答道："不是。"她又问道："如此可是你的兄弟？"那妇人又答道："不是，这是我的儿子。我丈夫已在十三天前战死了，今天便又死了这一个。"说着，站起身来，恭恭敬敬地说道："圣母能够瞧见万事万物，也能够知道万事万物，我还须谢她。"这卖国奴的母亲听了，忙问道："谢她什么？"那妇人道："谢她使我儿子被着荣光，为国而死。但是我当初也很着急，因为那孩子平日做事乖乱，性喜作乐，将来怕要叛他的祖国，卖他的故乡，也像那玛利那的儿子一个样儿，那厮便是我们敌人的领袖，便是上帝和人类的仇人。我咒他骂他，更咒骂那个生他的妇人。"玛利那一听了这话，便掩面逃去。第二天，她就去见镇中的守兵，侃侃说道："列位，请你们杀死我，因为我儿子是你们的公敌。要是不杀我，就请你们开了门儿放我到他那边去。"守兵们立刻答道："你是个国民，你也爱这镇的。你儿子不但是我们的公敌，也是你的仇人。"玛利那道："然而我实是他的母亲。现在他变作了卖国奴，都是我一人的罪恶。"当下里大家会议了一会，便向她说道："我们不能为了你儿子的罪恶，把你杀死。只我们料你为了他，也一定受了精神上无限的痛苦。你此刻要去尽去，我们并不要把你当作质物。想你儿子也早已把你忘了，有了这么一个万恶的儿子，便是上帝降罚于你咧。不知道你受了这种苛罚，心中可觉得怎样？在我们瞧来，简直和死刑没有什么分别。"玛利那黯然道："比了死刑更觉难堪。"那时守兵们便开了城门，放她出去，都在城上目送她步步远去。玛利那慢慢儿地踅着，不时踏在血泊之中。这血儿就是为了他儿子流的。一路踅去，又见了镇中好多守兵的遗骸，狼藉在地。她只得低头而过，惭愧得什么似的。有时见了那散着的许多断刀断枪，便恨恨地把脚儿踢将开去。可是天下做慈母的，总恨这破坏的不祥之物，倘能只生不灭，才合她们的慈心咧。她一边走，一边非常谨慎，好似怀中藏着一碗水儿，怕它泼翻的样子。她越走越远，影儿也越缩越小。城上望着的人，一时都觉兴头起来。以前的沮丧失望，仿佛已跟着那玛利那一块儿去了。一会，玛利那已走了一半儿的路程，猛可里却揭开了头巾，回过头来，向她故乡望了最后的一望，分明有依依惜别之状。这时那敌营中人也早一眼望见了她，接着就有几个黑影晃将过来，问她是谁？往哪里去？玛利那悄然答道："你们的领袖，便是我的儿子。"那兵士们倒也深信不疑，便伴着她一同走去。一面满口儿赞他们领袖的大智大勇，直把他当作天神一般。玛利那听了，只抬头向着天空，一声儿不言语。不多一刻，已到了她儿子面前。这儿子实是她的无价之宝。她的血儿，简直流在儿子的血管之中。自从入世以来，从没片刻儿淡忘。此刻儿那孩子直挺挺地立着，穿着一身富丽堂皇的军服，佩着一柄宝石灿烂的军刀，立地七尺，俨然有大将的风度。当下她儿子便亲着她的手儿说道："阿母，你到这里来了。如此你已明白了孩儿的心儿，明儿个孩儿便须攻破那万恶的镇咧。"玛利那忙道："只你就在那镇中生的。"她儿子野心勃勃，哪里还知道什么大义，傲然道："孩儿但知道在这世界中生的，不知道什么镇不镇。要知道孩儿以前单为了阿母，所以容赦那镇儿。只它一天不下，我脚下就好似被木片儿梗着，断不能一跃而前，直到那荣誉的路上去。但我此刻已立下了决心，今儿倘不下手，明儿定要扑碎那些顽民的巢穴咧。"玛利那又道："但是那边的石儿都认识你，都还记着你儿时的情景。"她儿子道："石儿是哑的，不会开口。我们做人的，倘若不能使它们说话，便听那大山去说我，无论好恶，我都不管。"玛利那道："只那镇中还有百姓呢！"她儿子道："正是。我也记起他们，将来还须借重他们呢。可是英雄不朽，原全仗小民的记忆。小民的记忆力淡了，英雄的功业便也黯淡了一半。"玛利那道："然而英雄的功业，是在建设，不在破坏。"她儿子道："不是这般说。建设的能够威名，破坏的也能够成名。有时建设的名儿，倒反在破坏的之下。不见那建设罗马的安尼司科罗摩勒司么，我们都不甚知道。只那破坏罗马的阿拉立克和他手下的众英雄，我们倒没一个不知道呢。"玛利那道："正是。他们还留着些儿余臭。"接着她儿子又和她有一搭没一搭地谈着，真有气吞云梦的壮概。她也没法儿截住那一派胡话，听到末后，只把头儿渐渐低了下来。可是天下做人家慈母的，大都有好生恶死的性儿。如今听了儿子昌言破坏，要导着死神一个个到人家屋中去，心中哪有赞成的道理。然而做儿子的只被那荣誉的冷光煽动着，眼儿也好似瞎了，哪里瞧见他慈母的心儿，已在那里寸寸迸碎呢。那时玛利那懒洋洋地坐着，兀低着头儿不抬起来。就这营帐之中，便能望见那个镇儿。她便在这镇中生她的儿子，谁知这儿子如今长大了起来，却一心一意地要毁他生长的故乡咧。这当儿斜日的光儿，恰照在那镇中的墙上、塔上，好似涂着人血。人家窗儿的玻璃上光也闪闪地动个不住。瞧那全镇的现象，仿佛都受着重伤。就在这百孔千疮之间，却还似乎流着一脉鲜红的活血。

光阴刻刻过去，镇中也渐渐黑暗。瞧它横在那里，活像是个巨灵的尸体。天上明星微动，便像燃着一支支的素烛。但是玛利那却还低头兀坐，动都不动。她心中倒像生了眼儿，瞧见那镇中家家闭门熄火，分明是怕惹敌人的注目。黑暗的街上，到处腾着死人的臭气。那些可怜的镇人，都窃窃私语着，束手等死。她凭着这心中的眼儿，什么都已瞧见。就那镇中的一草一木，也好似立在她跟前，等她立下一个斩钉截铁的决心。到此，玛利那猛觉得自己并不是一人的母亲，直是那全镇中人公共的母亲。瞧那漆黑的山顶上，云片一块块飞入山谷，很像无数魔鬼，飞马赶到那镇中去的一般。一会，她儿子开口说道："今夜天色倘若漆黑时，我们可要进攻咧。日中杀人委实不大方便，太阳照在刀上，耀着眼儿，砍下刀去，往往扑个空儿。"说时，抽出那把明晃晃的宝刀来，瞧了一下子。玛利那瞧着她儿子，忽然说道："我的儿，快过来，把你的头枕在我的胸前，休息一会。试想你儿时何等的快乐，人家也何等的爱你。"她儿子便跽在她身边，很像小孩子恋母似的，接着把眼儿闭了拢来，一边说道："孩儿只爱荣誉和阿母，因为没有阿母生孩儿，孩儿现在可也不能得这荣誉。"玛利那低下头去，问道："你可也爱妇人么？"她儿子道："妇人原也可爱，只爱上了一个，不久便生厌咧。"玛利那又问道："你可要子女么？"她儿子道："不必要什么子女，生了子女，倒给人家杀死么？万一将来也有像我一般的人，挺刃而起，我的子女，怕就难逃劫数。那时我老了，可也不能替他们报仇呢。"玛利那叹息道："你出落得着实可爱，只可惜像那空中的电光，太活泼太没思虑咧。"她儿子微笑着，答道："正是，很像那电光呢。"不多一会，他竟像小孩子般在慈母怀中睡熟了。于是玛利那便脱了那件黑衣，覆在他身上。同时却把一把刀儿，陷入他的心中。只见她儿子一阵颤着，就气绝咧。可是做母亲的，原知道儿子心儿跳动的所在，一击没有不中的。当下她便把那尸身拽在外边守兵们的脚下，举手指着那镇说道："我是国民的一分子，已算替我祖国尽力。我是母亲，所以伴着我的儿子。我已老了，不能再生什么儿子。偷生在这世上，可也没用咧。"说完，便把她杀死儿子的刀儿，陷在自己胸中。心儿既痛了，自然也一击就中。那刀上还热热的，正染着她儿子的血呢。

（选自《欧美名家短篇小说丛刻》1917 年中华书局版）

伤心之父

都德（法）

　　话说一天晚上，铁匠洛莱不知道为什么怏怏不乐。两道浓黑的眉毛，兀自蹙得紧紧的，不时摇着头长吁短叹，好似心儿里怀着重忧极怒一般。若在平日斜阳西匿时，他歇了工作，坐在门外的凳儿上，筋疲力尽地辛苦了一天，此时便觉得悠游自在，舒服得很。面上也总微微露着笑容，有时还拉着他的伙伴们，聚在一块儿，喝几杯冷啤酒。然后瞧他们从自己的小铁厂里鱼贯而出，慢慢儿回家去。那时心中简直快乐到了二百四十分，好像做了皇帝似的。然而今天却老大的不高兴，沉着脸儿，伏在工作所中，直到晚餐时候，才悻悻而出。瞧他的样儿，似乎很不愿意出来。他老婆眼睁睁地瞧着他，心中甚是纳罕。暗想他今天这样没精打采，难道听得前敌有什么恶消息吗？唉，说不定我们的克里斯勋出了什么岔子哩。想到这里，心儿也觉怔忡不定，只不敢启口问他。但噢咻着身边三个嘻嘻咄咄小狗似的小孩子，使他们别响。那三个小子一边嬉笑着，一边正张着小口，把红萝卜叶和乳酪饼在那里大嚼呢。

一会，那铁匠忽地伸手把碟子一推，怒气冲冲地暴声呼道："天杀的……龌龊的狗……"他老婆忙问道："洛莱，你说什么？"洛莱目眦欲裂，大呼道："说什么来，今天一清早，有五六个畜生，回到村里来，身上都穿着我们大法兰西军队的制服，却和白佛利人联臂同行，分外的亲热。唉，人家不是都说白佛利快要并入普鲁士联邦了么，亏他们倒有脸，和那不共戴天的仇敌们一起喝酒，一起说笑。你想我们若是天天瞧见这种不忠不义的阿尔萨希亚（法国省名，铁匠所居地）狗，一个个偷偷摸摸地回来，可不要气死人么！"

他老婆却有些偏袒那几个军人们的意思，悄然说道："你的话原也不错，然而也何苦如此生气。可是挨尔琪利亚离这里很远，孩子们一向恋家心切，千里迢迢地出去从军，免不得犯了思乡病，动了些孝心，思亲的心热了，自然爱国的心便不知不觉淡了一半咧。"洛莱听了这几句话，好似火上加了油，把他握拳透爪的手儿，在桌上嘭嘭地敲了几下，瞋目大喝道："快住口！你们妇人家懂得什么，大半生的光阴，都消磨在噢咻小孩子的功夫里头，单知道体贴他们，姑息他们。我如今委实和你说，他们都是奸细，都是卖国奴，都是畜生，算不得是人。他们活在世上，天也不屑覆他，地也不屑载他。死了之后，狗彘也不屑吃他们的肉。"接着又咬牙切齿地说道："不是夸口，我在我们大法国的萨威军里（按：萨威军为法兰西最剽悍之军队），也曾烈烈轰轰地当过七年兵役。要是万一不幸，我们克里斯勋也学了那种不忠不孝的畜生，和我的名字乔士洛莱一样的确时，我定把长刀搠穿他的身体。"说着，欻的立起身来，把那两道凶恶可怕的眼光，闪闪的射在墙上一把骑兵用的长腰刀上。那刀上还挂着一个穿萨威兵制服的少年小像，满面忠诚的气概，盎然流露。不过好似被日光晒得黑了，映着那白色的制服，愈发分明，在明亮的灯光中，兀自闪烁不住。那时老铁匠见了爱子的小像，百炼钢早化作了绕指柔，禁不住笑将起来道："我真是个呆子，何苦如此发怒，好似我们克里斯勖一定也学他们坏样的一般。其实这小子倒是个觥觥好男子，并不是没肝胆的弱虫。他匹马单枪，驰跃腥风血雨之中，不知道砍下了多少普鲁士狗的脑袋啊。"说罢，呵呵大笑。那平日里快乐的兴趣，便又充满了全身。当下就起身出门，慢慢儿踱进斯屈莱斯勃城。上酒家喝啤酒去了。

　　他老婆独自一人在家中，把那三个小的眠在床上之后，就取了活计，坐在小花园的门前做着。一边做，一边放声长叹。心中在那里想道：不差。他们都是军中的逃犯，他们都是不忠不义的恶徒。然而这也是应有的事，他们的慈母，正倚闾望着，欢迎他们回来呢。接着又记起他那爱子从军以前，告别出门时，也在这时候，悄悄地向这小花园立着，眼儿里噙着泪珠。想到这里，又转眼瞧那井泉，这井泉便是当时他爱子动身时汲满水壶的所在。还记得他当日穿着的那件大褂的颜色和他一头黄金丝般艳艳的长头发。只可惜他因为要穿那轻骑兵的制服，截得短短的了。她正寻思，忽见那通往荒场的门儿轻轻地开了，好似有人摸着墙壁，从密密的蜂房中间溜将过来。这举动分明是夜中的盗贼。然而好奇怪，那几只猎狗却一声儿也不响。老婆子喘息着瞧那动静，身儿早如风吹落叶，簌簌价抖战起来。正在这当儿，猛听得一声叫道："亲爱的阿母，愿你晚安。"入耳分外的清明，不一会早见面前立着一个惭容满面的少年，身上虽是穿着军服，却已杂乱不整。这少年是谁？兀的不是她朝思暮想的爱子克里斯勖么！那时耳旁还好似听得那亲热非常的声音，嗡嗡地响道："亲爱的阿母！亲爱的阿母！"

看官们要知道这不幸的少年实是和几个逃兵一同逃回来的。他徘徊屋外，已有一点多钟。候他父亲出去了，才敢进来。他知道阿母虽也要责骂他，然而想她不听爱子的声音，不见爱子的笑貌，不和爱子接吻，已好久了。如今骤然相见，欢喜不暇，哪里还舍得责骂他。果然，克里斯勖的预料竟一些儿没有错，他母亲见了他并不愤怒。那时他便伏在阿母身上，细细陈说别后的情形。说他恋母之心很切，很不耐烦远离膝下，去受那军中严厉的约束。加着同伴们因为他口齿带着阿尔萨希亚音，常唤他普鲁士人，他愈加难堪，两只脚便不由自主地溜之乎也了。他阿母听罢，眸子中早露出两道慈爱的目光，注在爱子的面上。

停了一会，母子俩一边喁喁讲着，一边徐徐进屋。那三个小子闻声醒来，揉了揉小眼睛，一眼瞧见了他长兄，都欢呼起来，立时一骨碌翻身下床，赤着脚，跳跳蹦蹦地跑过来，抢着要抱他。他母亲也急忙去取了东西来，给他吃。但是他肚子里却并不饥饿，不过从早上直到如今，在酒馆里和那几个同逃的伙伴们胡乱把白酒咧，啤酒咧，灌得个烂醉。所以此刻觉得有些儿口渴，便鲸吞牛饮似的喝了几大杯冷水。喝罢，忽听得庭院里橐橐的来了一阵脚步声，原来那铁匠洛莱已回家了。他阿母大吃一惊，忙低呼道："克里斯勋，你阿父回来咧，快躲起来，等我和他说明了，再见机行事吧。"说着，把他推在那大大的瓷器火炉后面，然后伸出一双震颤的手，取起针线来，依旧做她的活计。百忙中，却忘了克里斯勋的一只帽儿仍留在桌子上。洛莱踏进门时，第一便瞧见这触目的东西，接着又瞧了他老婆灰白的面容，跼躇不安的神情，早已了然于心，不禁怒从心起，咆哮道："哎呀，克里斯勋也在这里么？这真气死我老子咧。"说时，早抢了那墙上雪亮的长刀，闪闪地挥着，冲到克里斯勋伏着的火炉后边。克里斯勋一见了他父亲，好似死囚待决一般，一边哭泣着，一边颤巍巍地扶住墙壁，几乎要栽将下来。那明晃晃的刀儿，却早在他头上盘旋。正在这危机一发之际，他母亲情急计生，连冲带跌地跑将过去，把身体横在他们父子中间，向她丈夫托言哀告道："洛莱，洛莱别杀他，这是我的不是。前几天我写信给他，扯了个谎，说你要他相助工作，所以他才敢回来。如今请你瞧我的份上，赦了他吧。"说毕，死命攀住她丈夫铁打似的臂膊，呜咽不已。那三个小子躲在黑暗中，一听得这片叫嚣隳突、忿怒哭泣的声音，吓得都哇得哭了起来。那时铁匠洛莱听了他老婆的话，身子早气得冷了半截，跳起来大声说道："嘎，是你叫他回来的么？很好很好。今天且让他睡觉去，明天我再决定一个对付你们的办法便了。"

第二天早上，克里斯勋从睡梦中醒回来，心儿别别地跳个不止。只为昨夜做了一夜的噩梦，此刻还觉得心惊胆战。张开眼儿来一瞧，只见自己躺在一间小室中，算来他从小到大，形影儿差不多没一天离过这小室。不过出去从军时，才别离了好几天。这时一道道和暖的阳光，已从那花蛇麻和草茎半掩的小玻璃窗上透入室中。楼下打铁的声浪，也已叮叮入耳。床沿的一傍，坐着他母亲。原来她怕她丈夫杀死爱子，所以一夜中只跬步不离地厮守着呢。老铁匠那夜也没有上床睡得一睡，终夜只在室中往来踱着。一会儿长叹，一会儿大哭，一会儿开那壁橱，一会儿又把它关了。发了痴似的，两手兀是不停。这时却很庄严地趱进他儿子室中，头上戴着高冠，脚上套着很高的套鞋，手中握着那重重的爬山铁手杖。照他的样儿，分明要出去旅行。当下他走到儿子床边，厉声说道："快起来。"克里斯勋心中煞是害怕，抖着坐了起来，把军服披在身上。老人冷然道："别穿这一件。"他老婆颤声答道："亲爱的，但是他单有这一件衣服呢。"洛莱道："如此把我的给他，从今以后，我那些捞什子的衣服，都没有用处咧。"

　　　　　落花怨

克里斯勋不敢违拗，把他父亲的衣服穿了。洛莱即忙把那军服军裤和那小小的短后衣，折叠起来，扎成了一个小包裹。又把那盛干粮的锡箱挂在颈上，然后冷冷地向他老婆和儿子道："我们一块儿下楼去吧。"于是三人静悄悄地走下楼去，到那工作之所。只见那风箱已呼呼地响着，工人们也都在那里工作咧。克里斯勋瞧着这一所从军时梦魂萦绕的巨屋，不觉记起了儿时的影事。当时往往在那阳光灿烂的路上，往来乱串，宛像树上的松鼠；有时伏在家里，瞧着那大冶炉中乌黑的煤炭，火星闪烁而起，甚是有趣。想着，心中无限地愉快，把他的害怕也忘了。然而那老铁匠却依旧板着脸儿，冷如冰雪，眼儿里也射出两道严冷的光儿。一会忽地启口说道："克里斯勋，这工作所和那许多家伙，现在都是你的了。"又指着那阳光满地、游蜂飞集的小花园，说道："这园子也是你的，那蜂房，蛇麻草茎和屋子，一概由你经营。总之凡是我的东西，现在都是你的东西了。此后你便是这里的主人翁，须得尽你的本分，好好地过日子，我却要从军去咧。可是你还欠祖国五年的从军债，此刻做老子的便替你还债去。"那可怜的老妇人哭着喊道："洛莱，洛莱，你往哪里去？"他儿子也跪将下来，悲声呼道："阿父别去。"但那老铁匠却抬着头，挺着胸，大踏步地竟自去了。

不上几天，做书的听说西地蓓儿亚勃地方第三队萨威军中，新编入一个白发萧萧的老志愿兵，那年纪已是五十有五咧。

（选自《欧美名家短篇小说丛刻》1917 年中华书局版）

关于《一生低首紫罗兰——周瘦鹃文集》

凡欧美四十七家著作，国别计十有四，其中意、西、瑞典、荷兰、塞尔维亚，在中国皆属创见，所选亦多佳作。又每一篇署著者名氏，并附小像略传。用心颇为恳挚，不仅志在娱悦俗人之耳目，足为近来译事之光。唯诸篇似因陆续登载杂志，故体例未能统一。命题造语，又系用本国成语，原本固未尝有此，未免不诚。书中所收，以英国小说为最多，唯短篇小说，在英文学中，原少佳制，古尔斯密及兰姆之文，系杂著性质，于小说为不类。欧陆著作，则大抵以不易入手，故尚未能为相当之绍介；又况以国分类，而诸国不以种族次第，亦为小失。然当此淫佚文字充塞坊肆时，得此一书，俾读者知所谓哀情惨情之外，尚有更纯洁之作，则固亦昏夜之微光，鸡群之鸣鹤矣。

以上文字，是当年在教育部任职的鲁迅，审读了出版社送审的周瘦鹃《欧美名家短篇小说丛刊》后，和周作人一起写的审读报告。这篇审读报告，最初发表于1917 年11 月30 日《教育公报》第四年第十五期上。从这篇审读报告里，可以看出周氏兄弟对周瘦鹃的这部翻译小说的看重。

周瘦鹃的《欧美名家短篇小说丛刊》于民国六年作为"怀兰集丛书"之一种在上海中华书局出版，分上、中、下三卷，天笑生、天虚我生和钝根分别作了序言。天笑生在序言中肯定了周瘦鹃的文字"自有价值"。天虚我生更是对这部巨制不吝赞美之词。钝根在序中说到周瘦鹃爱读小说时，介绍他这位朋友境况是："室有厨，厨中皆小说。有案，案头皆小说。有床，床上皆小说。且以堆垛过高，床上之小说，尝于夜半崩坠，伤瘦鹃足，瘦鹃于是著名为小说迷。"可见周瘦鹃热爱小说的程度，也就不难理解他耗费一年多的时间，来翻译这部《丛刊》了。该书上卷曰"英吉利之部"，共收英国短篇小说十余篇。中卷分为"法兰西之部""美利坚之部"。下卷分"俄罗斯之部""德意志之部"等欧洲多国的短篇小说。而且几乎在每篇小说前，都有原作者小传。通过小传，大体能了解作者的生平和这部小说的写作背景，让读者能更好地理解小说。该书一经出版，影响很大，一时有"空谷足音"之誉，也给周瘦鹃带来很大的知名度。

关于周瘦鹃其他的原创文学，我们在《周瘦鹃自编精品集》（广陵书社 2019 年 1 月出版）的编后记里，曾经有过简略的介绍：

周瘦鹃的写作，一出手就确定了他的创作方

向，即适合市民大众阶层阅读的通俗文学。他发表的第一篇作品《落花怨》(1911年6月11日出版的《妇女时报》创刊号)，就带有浓郁的市井小说的味儿，而同年在著名的《小说月报》上连载的八幕话剧《爱之花》，同样走的是通俗文学的路子，迎合了早期上海市民大众的阅读"口感"，同时也形成了他一生的创作风格。继《爱之花》之后，他的创作成了"井喷"之势，创作、翻译同时并举，许多大小报刊上都有他的作品发表，一时成为上海市民文化阶层的"闻人"，受到几代读者的欢迎。纵观他的小说创作，著名学者范伯群先生给其大致分为"社会讽喻""爱国图强""言情婚姻"和"家庭伦理"四大类。"社会讽喻"类的代表作有《最后之铜元》《血》《十年守寡》《挑夫之肩》《对邻的小楼》《照相馆前的疯人》《烛影摇红》等，"爱国图强"类的代表作有《落花怨》《行再相见》《为国牺牲》《亡国奴家里的燕子》等，"言情婚姻"类的代表作有《真假爱情》《恨不相逢未嫁时》《此恨绵绵无绝期》《千钧一发》《良心》《留声

机片》《喜相逢》《两度火车中》《旧恨》《柳色黄》
《辛先生的心》等，"家庭伦理"类的代表作有《噫
之尾声》《珠珠日记》《试探》《九华帐里》《先父
的遗像》《大水中》等。他的这些成就的取得，不
仅在大众读者的心目中影响深远，也受到了鲁迅等
人的肯定。1936 年 10 月，鲁迅等人号召成立文艺
界抗日民族统一战线，周瘦鹃作为通俗文学的代
表，也被鲁迅列名参加。周瘦鹃在《一瓣心香拜鲁
迅》中还深情地说："抗日战争初起时，鲁迅先生
等发起文化工作者联合战线，共御外侮，曾派人来
要我签名参加，听说人选极严，而居然垂青于我。
鲁迅先生对我的看法的确很好，怎的不使我深深地
感激呢？"翻译和创作通俗小说而外，周瘦鹃还创
作了大量的散文小品。他的散文小品题材广泛，行
文驳杂，有花草树木、园艺盆景、编辑手记、序跋
题识、艺界交谊、影评戏评、时评杂感、书信日记
等，涉及社会生活的多个方面。此外，周瘦鹃还是
一位成就卓著的编辑出版家，前半生参与多家报
刊的创刊和编辑工作，著名的有《礼拜六》《紫罗

兰》《半月》《紫兰花片》《乐园日报》《良友》《自由谈》《春秋》《上海画报》《紫葡萄画报》等，有的是主编，有的是主持，有的是编辑，有的是特约撰述。据统计，在1925年到1926年的某一段时间内，他同时担任五种杂志的主编，成了名副其实的名编。另外，他还写作了大量的古典诗词，著名的有《记得词》一百首、《无题》前八首和《无题》后八首等。

周瘦鹃一生从事文艺活动，集创、编、译于一身。在创作方面，又以散文成就最大，其中的"花木小品""山水游记""民俗掌故"被范伯群称为"三绝"（见范伯群著《周瘦鹃论》）。而"三绝"之中，尤其对"花木小品"更是情有独钟，不仅写了大量的随笔小品，还成为闻名天下的盆景制作的实践者。据他在文章中透露，早20世纪20年代末期，他就在苏州王长河头买了一户人家的旧宅，扩展成了一个小型私家园林。从此苏州、上海两地，都成了他的活动基地，在上海编报刊、搞创作，在苏州制作盆栽、盆景。而早年在上海

落花怨

选购花木盆栽的有关书籍时，还曾巧遇过鲁迅。在《悼念鲁迅先生》一文中，他透露说："记得三十余年前的某一个春天，一抹斜阳黄澄澄地照着上海虹口施高塔路（即今之山阴路）口一家日本小书店，照在书店后半间一张矮矮的小圆桌上，照见桌旁藤靠椅上坐着一位须眉漆黑的中年人，他那瘦削的长方脸上，满带着一种刚毅而沉着的神情。他的近旁坐着一个日本人，堆着满面的笑正在说话。这书店是当时颇有名的内山书店，那日本人就是店主内山完造，而那位中年人呢，我一瞧就知道正是我所仰慕已久的鲁迅先生。"买有关盆栽的书而邂逅鲁迅先生，周瘦鹃自称是"三生有幸"，而此时，他还不知道鲁迅曾经大加赞赏过他的《欧美名家短篇小说丛刊》。鲁迅也偶尔玩过盆景的，他在散文集《朝花夕拾·小引》里，有这样一段话："广州的天气热得真早，夕阳从西窗射入，逼得人只能勉强穿一件单衣。书桌上的一盆'水横枝'，是我先前没有见过的：就是一段树，只要浸在水中，枝叶便青葱得可爱。看看绿叶，编编旧稿，总算也在做一点事。"这个"水横枝"，就是盆栽，清供之一种，如果当时周瘦鹃能够和鲁迅相认，或许也会讨论一下盆栽制作也未可知啊。

这次编辑出版《一生低首紫罗兰——周瘦鹃文集》文丛，是在《周瘦鹃自编精品集》的基础上，对周瘦鹃主要作品的又一次推介，或者说是一次延伸。文集中不仅收入了他很多的原创作品，如小说、随笔、小品、序跋、后记、编后记等等，也收入了他的翻译小说，即从他的那部影响深远的《欧美名家短篇小说丛刊》里，精选了部分篇什，分为《人生的片段》和《长相思》两册。周瘦鹃的其他原创作品，除《花花草草》之外，也精选了一部分代表作，编为六册，分别为《礼拜六的晚上》（散文随笔）、《落花怨》（短篇小说）、《女冠子》（短篇小说）、《喜相逢》（短篇小说）、《新秋海棠》（长篇小说）、《紫罗兰盦序跋文》等，这些作品和《花前琐记》《花前新记》等作品一起，代表了周瘦鹃一生中的主要创作成果。

由于水平有限，在选编过程中不免会有不妥或失当之处，敬请读者朋友们多多批评指正！

陈　武

2019 年 7 月 25 日高温于花果山下